Chères lectrices,

La séduction est une notion ... intérêt apparemment inépuisable… Elle nourrit les articles de la presse féminine, les *reality shows*, voire certains jeux télévisés. Mais, à tant parler de la séduction et des « recettes infaillibles pour séduire », on finit par ne plus s'y retrouver… pire encore, à ne plus faire confiance à son intuition !

C'est d'ailleurs ce qui arrive à Lea, l'héroïne d'*Un mariage imprévu* (Azur n° 2441) — une jeune femme pleine de charme qui perd tous ses moyens lorsque son petit ami, avec lequel elle a vécu neuf ans, la quitte. Manquant de confiance en elle, Lea s'imagine alors que, pour trouver l'homme de sa vie, il faut mener une véritable offensive de séduction, guide pratique à la clé ! Pour mettre toutes les chances de son côté, elle décide d'ailleurs d'engager un « consultant en flirt », qui n'est autre que Thomas Carlisle, le frère de sa meilleure amie, et un séducteur patenté qui ne manquera pas de lui apprendre comment retenir l'attention d'un homme.

Le résultat ne se fait pas attendre et, au fur et à mesure de ces étranges « leçons de séduction », Lea gagne en assurance et en confiance en soi. Mais ne serait-ce pas, tout simplement, parce qu'elle est tombée amoureuse de Thomas ?

Très bonne lecture,

La responsable de collection

Un mariage imprévu

HANNAH BERNARD

Un mariage imprévu

COLLECTION AZUR

*éditions*Harlequin

Cet ouvrage a été publié en langue anglaise
sous le titre :
MISSION : MARRIAGE

Traduction française de
FLORENCE JAMIN

HARLEQUIN®

est une marque déposée du Groupe Harlequin
et Azur ® est une marque déposée d'Harlequin S.A.

Toute représentation ou reproduction, par quelque procédé que ce soit, constituerait
une contrefaçon sanctionnée par les articles 425 et suivants du Code pénal.
© 2003, Hannah Bernard. © 2004, Traduction française : Harlequin S.A.
83-85, boulevard Vincent-Auriol, 75013 PARIS — Tél. : 01 42 16 63 63
Service Lectrices — Tél. : 01 45 82 47 47
ISBN 2-280-20345-6 — ISSN 0993-4448

1.

Un bébé, quel cauchemar ! se dit Lea en rattachant la serviette autour du cou de Danny, le fils de son amie Anne, qui se tortillait comme un ver sur sa chaise haute. Une vraie calamité ! Non seulement il fallait des heures de souffrance épouvantable pour le mettre au monde — sans compter les interminables neuf mois qui précédaient — mais, une fois arrivé, il se révélait une créature hurlante, pleine d'exigences. Dès que bébé avait pointé le bout de son nez, tout s'arrêtait : il fallait courir sans cesse des couches au biberon, du pédiatre à la nourrice. Cette petite chose vagissante et égoïste absorbait tout le temps de ses parents, glapissait la nuit pour les empêcher de dormir et ne leur laissait pas la moindre énergie pour quoi que ce soit à part s'occuper d'elle. Et quand enfin on croyait avoir passé le stade des tétées et des promenades en poussette, c'était pire ! On tombait dans les problèmes d'acné, d'adolescence rebelle et d'affrontement perpétuel. Tout ça pour finir avec un jeune adulte fringant qui se désintéressait lâchement de ses parents épuisés et vieillissants.

Non, décidément, un bébé, c'était un vrai cauchemar, se répéta Lea avec acharnement… et elle aurait tout donné pour en avoir un.

Des larmes lui brouillèrent soudain la vue. Le petit Danny devint flou, tout comme le bol de bouillie qu'elle était en train d'essayer, avec toutes les peines du monde, de lui faire ingurgiter.

Mais que lui arrivait-il ? songea-t-elle, en plein désarroi. Elle saisit un mouchoir en papier dans son sac et s'essuya discrètement les yeux. Pour faire diversion, elle nettoya ensuite la bouche de Danny, barbouillée de banane, avec un coin du bavoir.

— Tu as un problème ? demanda Anne en levant la tête du réfrigérateur dans lequel elle était en train de ranger ses courses.

— Pas du tout ! protesta Lea avec une véhémence suspecte.

Anne, surprise, haussa un sourcil. Lea avait une drôle d'expression…

— Ah, je sais, c'est la banane ! s'exclama-t-elle. De temps en temps, Danny la refuse, et dans ces cas-là il recrache tout… J'étais justement en train de me dire que je le trouvais étonnamment calme, ajouta-t-elle, résignée.

— Ne t'inquiète pas, Anne, il mange, assura Lea.

Manger, c'était une façon de parler. A vrai dire, il s'appliquait surtout à étaler la purée de bananes aussi soigneusement qu'il le pouvait, sur sa serviette d'abord, mais aussi sur ses cheveux et son pull. Ses parents ne lui avaient visiblement pas encore parlé des petits Chinois…, conclut Lea, navrée, en contemplant ce gâchis. Environ une cuillerée sur quatre finissait dans sa bouche : un vrai désastre… et une raison de plus pour se féliciter de ne pas avoir d'enfant !

— Il mange mieux quand ce n'est pas moi ou Brian qui lui donnons, expliqua Anne. Avec nous, il est trop occupé à imaginer une nouvelle façon de déjouer notre surveillance…

Lea enfourna la cuillère dans la bouche de Danny, mais il recracha son contenu et elle observa, consternée, la purée de bananes dégouliner le long de son cou. Puis il tapa du poing sur la tablette de sa chaise haute et se débrouilla habilement pour envoyer un peu de nourriture sur le tapis, d'un geste qui dénotait une grande habitude.

8

Elle préféra ne pas regarder sous la chaise ce qui devait être un champ de bataille et ignora le sourire ravi que Danny lui lança. Dans la vie, il fallait parfois savoir fermer les yeux…

— Il est… prenant, n'est-ce pas ? lança-t-elle prudemment à son amie.

« Insupportable, infernal, machiavélique » étaient des mots bien plus appropriés, mais Lea savait se montrer diplomate dans les grandes occasions.

— Oui, assez, reconnut Anne à contrecœur, avec un sourire attendri. Et ce sera encore pire quand il marchera ! Heureusement, depuis quelques jours il nous laisse dormir. Une vraie bénédiction…

— Ah oui ? dit Lea d'un air sombre.

— Je ne t'avais pas dit ? s'écria Anne, aussi radieuse que si elle lui annonçait la venue du Messie. La nuit de samedi à dimanche dernier a été ma première nuit complète depuis un an ! C'est merveilleux, non ?

— Un vrai miracle, confirma Lea, compatissante. Mais je le savais déjà. Tu m'as même réveillée dimanche matin à la première heure pour m'en informer. Tu paraissais si excitée que je me suis inquiétée. Je comprends tout à présent : c'était un grave cas d'excès de sommeil. Quand on n'a plus l'habitude de dormir…

Un autre élément à ajouter à la liste de plus en plus longue des raisons de se réjouir de ne pas avoir d'enfant : le manque de sommeil, la fin des grasses matinées le dimanche. Pour des années…

Oui, elle était beaucoup plus heureuse sans enfants. Beaucoup plus ! *N'est-ce pas, horloge biologique ? Tu m'as bien entendue ?*

— Je suis désolée, murmura Anne, contrite, je t'ai appelée beaucoup trop tôt. Tu sais, tout change après l'arrivée d'un bébé, et on finit par ne plus considérer l'existence qu'en fonction de ses progrès. On oublie un peu que les autres ne sont pas forcément

9

passionnés par sa première dent ou le fait qu'il va enfin sur le pot. Et on les réveille le week-end pour les tenir au courant !

— Mais je suis très intéressée par les progrès de Danny, Anne, protesta mollement Lea. Et de toute façon je déteste perdre la matinée au lit…

— Lea, tu dois en avoir assez de le nourrir, laisse-moi finir !

— Mais non, j'adore m'occuper de lui ! assura la jeune femme.

Le plus curieux est qu'elle ne mentait même pas…

Quand elle était arrivée en début d'après-midi chez Anne et qu'elle avait pris dans ses bras le petit corps chaud et potelé de Danny, elle avait eu une révélation. Tout était devenu clair dans son esprit. Elle comprenait enfin d'où venait ce sentiment de solitude qui l'assaillait de plus en plus souvent, cette sensation dérangeante que sa vie n'avait pas de sens.

Elle voulait un bébé. Elle avait absolument besoin d'avoir un bébé…

Pourtant, à voir les choses en face, elle n'était pas prête pour la maternité, pas du tout ! Elle n'était pas mariée, n'avait même pas de petit ami, ne comptait pas ses heures au travail et ses perspectives de carrière étaient plus que prometteuses : bref, elle n'avait pas la moindre raison valable de vouloir être mère.

Pourtant, c'était le cas. Elle se réveillait régulièrement d'un cauchemar affreux où elle voyait ses ovules s'évanouir en fumée, mois après mois, jusqu'à disparition complète. Dans ce rêve, le tic-tac de l'horloge biologique qu'elle avait négligé d'écouter depuis tant d'années devenait assourdissant, et elle réalisait avec horreur que son corps n'était plus capable d'enfanter.

Tout ceci s'expliquait par le fait que c'était bientôt son anniversaire, se disait-elle alors pour se rassurer. Trente ans, pour une femme célibataire et sans enfants, c'était horrible, et l'échéance fatidique approchait dangereusement. Ajouté à cela le fait qu'elle venait de fêter le premier anniversaire de sa séparation avec Harry, et le tableau était complet. Comme dans un conte de fées à l'envers, Harry, qui au premier abord avait tout du prince charmant, s'était quasiment transformé en crapaud. Elle avait eu bien raison de le chasser de son existence, même si, dans cette triste histoire, elle avait perdu de nombreuses années — des années où elle aurait pu être mère ! Par-dessus le marché, Harry avait réussi non seulement à la faire douter d'elle-même mais aussi à lui rayer tous ses CD…

A l'approche de ses trente ans, Lea était bien décidée à cesser de pleurer sur son sort pour passer à l'action.

Son plan de bataille était simple. Première étape : rencontrer des hommes, seuls géniteurs potentiels, il fallait bien l'admettre. Mais c'était plus facile à dire qu'à faire, et voilà plusieurs jours qu'elle réfléchissait à la meilleure méthode d'approche, sans avoir encore réussi à établir une stratégie. Du coup, la deuxième étape — séduire le futur père de son enfant — devrait encore attendre.

— Tu as un petit ami en ce moment ? demanda tout à coup Anne.

Pourquoi diable son amie avait-elle toujours le don de lire dans ses pensées ? songea Lea, agacée.

— Non, personne en particulier, répondit-elle d'un ton neutre.

— Tu veux dire, personne, PERSONNE ? insista lourdement Anne.

— Non. J'ai eu beaucoup de travail ces temps-ci, et pas tellement le temps de sortir.

— Mais voilà des siècles que tu as rompu avec Harry ! Tu ne crois pas que le moment est venu de retrouver un amoureux ?

Lea décela un soupçon de reproche dans la voix de son amie. Ce n'était pas la première fois qu'Anne abordait ce sujet, convaincue que le seul but dans la vie d'une femme, passé dix-huit ans, était de trouver un époux. Les féministes auraient hurlé…

Danny se tortilla sur sa chaise et émit un profond bâillement, avant de serrer son hochet de ses petits poings adorablement potelés.

Contrairement aux apparences, et bien sûr Harry mis à part, les hommes avaient tout de même quelques avantages, songea Lea en le regardant, attendrie. Le premier, et de loin, étant qu'avec eux on pouvait avoir un enfant. Si elle voulait elle aussi un petit monstre vagissant, il faudrait bien qu'elle en passe par là…

— Me trouver un amoureux ? Mais je ne sais même plus comment on fait ! Tu oublies que j'ai commencé à fréquenter Harry au lycée ! Je n'ai que très peu de pratique en matière de flirt !

— Oh, ce n'est pas très difficile ! Tout le monde flirte, tu sais bien !

Lea haussa les épaules d'un air désabusé.

— Je n'y arriverai jamais ! C'est un art dont je ne connais même pas le code. A lire les magazines féminins, c'est horriblement compliqué ! L'autre jour, j'ai étudié un article sur le déroulement du premier baiser : un vrai casse-tête ! Et, tu ne vas pas me croire, on expliquait aussi comment on doit réagir quand l'homme…

Elle posa pudiquement les mains sur les oreilles de Danny et chuchota quelque chose à Anne, qui éclata de rire.

— Si, si, je t'assure ! Il y a des règles pour tout ce que tu peux ou ne peux pas faire lors du premier rendez-vous, insista-t-elle. Tu as le droit de faire ça, mais surtout pas ça, et seulement si tu as d'abord fait ça ! Tu n'imagines pas ! Je suis découragée à l'avance…

— Des consignes au sujet du premier rendez-vous ? Tu plaisantes, j'espère ! A mon avis, c'est du pur fantasme journalistique et personne n'a jamais respecté aucune règle dans ce genre de situation.

— Je n'en suis pas si sûre, marmonna Lea d'un air sombre.

— Je parie que l'article était assorti d'un test du genre « s'il a fait ça, allez directement à la question B », ou « si vous avez répondu plus de cinq fois oui, vous avez trouvé le prince charmant », continua Anne sur le même ton.

Le visage de Lea se rembrunit encore. Peut-être cet article paraissait-il absurde à Anne qui avait mari et enfant, mais pour des célibataires en quête de géniteur dans son genre, il y avait certainement des informations intéressantes à y glaner. En tout cas, elle ne pouvait pas ne pas en tenir compte avant de se mettre en chasse.

— Ne fais pas cette tête-là ! s'écria Anne. Tout n'est peut-être pas à jeter dans ce genre d'article. Tu n'as qu'à les lire comme s'il s'agissait d'une révision avant un examen. Pas très drôle, et pourtant indispensable si tu veux avoir une bonne note.

— Mais je suis morte de peur à l'idée de passer cet examen ! avoua Lea dans un cri du cœur. Sortir avec un homme est un véritable parcours semé d'embûches : je suis sûre que je serai recalée à la première étape car j'aurai dit oui quand il fallait dire non, ou l'inverse !

— Ecoute, Lea, si tu en as assez d'être célibataire, il va bien falloir que tu en passes par là, déclara Anne d'un ton ferme. L'homme de ta vie ne va pas surgir comme par enchantement, tel un lapin dans un tour de magie ! Tu vas devoir te mettre à sa recherche !

— Mais je n'en ai pas la moindre envie ! protesta Lea. Je n'ai pas une âme de chasseur, moi !

Anne jeta à son amie un regard compatissant.

— Alors on va t'aider ! Tu sais quoi ? Je vais demander à Brian de t'arranger une rencontre avec un de ses collègues. Il n'arrête pas de me parler de ses copains au travail, il doit bien y en avoir un qui n'est pas marié et qui rêve de trouver chaussure à son pied !

Un rendez-vous arrangé ? Jamais !

— Anne, je ne suis pas prête ! bredouilla Lea. Dans l'article, je n'ai pas dépassé le stade du premier baiser ! J'ai besoin de me lancer dans des recherches bien plus approfondies avant de me jeter à l'eau.

— Oh, Lea, arrête ! Dîner avec un homme, c'est bien plus facile que passer le bac ! Tu n'as qu'à te laisser faire, et tout ira bien. Essaie, au moins une fois !

Anne sourit à son fils, que Lea avait pris sur ses genoux, et le petit garçon lui tendit les bras. Une seconde plus tard, il était blotti dans le giron de sa mère, le pouce dans la bouche, un air de béatitude sur son petit visage, et Lea luttait contre un ridicule sentiment d'abandon et de tristesse.

— Rien qu'une fois ! insista Anne. Considère ça comme un entraînement !

Lea s'apprêtait à refuser fermement quand Danny entoura le cou de sa mère en riant aux éclats, avant de l'embrasser d'un air radieux. A ce spectacle, la jeune femme sentit son cœur se serrer d'émotion. Puis la panique la gagna. Combien d'ovules cette satanée horloge biologique lui avait-elle laissés ? pensa-t-elle avec angoisse. Peut-être les signaux de détresse annonçant la baisse des stocks étaient-ils déjà prêts à virer au rouge ?

Un individu de sexe masculin faisait nécessairement partie du programme de procréation qu'elle s'apprêtait à lancer, se dit-elle. Non seulement pour d'évidentes raisons physiologiques, mais aussi parce qu'elle voulait un homme pour élever son enfant. Elle ne s'était jamais vue dans le rôle de mère célibataire : pour elle, un enfant avait besoin d'une famille, d'un foyer.

Mais une chose était de se mettre en quête d'un père pour son enfant, une autre était de le dénicher, et cette recherche pouvait prendre longtemps, car il n'était pas question de choisir le premier venu. Or le temps était justement son problème, le tic-tac honni ne s'arrêtant jamais…

— J'accepte que tu m'arranges un rendez-vous, articula-t-elle enfin avec effort. Mais tu n'as pas intérêt à me présenter n'importe qui !

— Qu'entends-tu par « n'importe qui » ? rétorqua Anne.

Lea haussa les épaules, incapable de répondre à cette question. Avant tout, elle voulait un bébé. A Anne de se débrouiller pour lui trouver le père...

Pour la troisième fois, son cavalier tenta de lui faire du pied sous la table. Il ne réussit qu'à lui érafler le petit orteil, et, elle l'aurait parié, à filer son collant. Où Brian et Anne avaient-ils pêché un tel énergumène ?

Lea s'assit aussi droite qu'elle le put sur sa chaise et replia les pieds sous son siège en pestant mentalement contre ce grossier personnage.

Pour une rencontre arrangée dont elle redoutait tant le principe, la soirée n'avait pourtant pas si mal commencé. Plutôt bien fait de sa personne, le dénommé James l'avait laissée passer devant lui pour entrer dans le restaurant et lui avait tiré sa chaise pour lui permettre de s'asseoir. Un vrai gentleman... Sa conversation, sans être très originale, était supportable, et Lea l'écouta poliment lui exposer son plan de carrière et lui expliquer entre les lignes qu'il gagnait bien sa vie.

Mais là s'arrêtaient les points positifs...

D'abord, il avait une façon insupportable de héler les serveuses, d'une voix si sonore que les clients installés autour d'eux se retournaient pour lui jeter un regard désapprobateur. La première fois, Lea, qui détestait se faire remarquer, aurait voulu pouvoir rentrer sous terre de confusion, à la deuxième, elle sursauta sur sa chaise si violemment que son pied, par malheur, heurta celui de James.

Ce regrettable incident déclencha les hostilités… Probablement convaincu qu'il s'agissait d'un subtil signal d'invite, James se mit alors à chercher les pieds de Lea sous la table avec obstination. D'abord, elle crut à une maladresse, mais il répéta sa manœuvre d'un coup de talon si martial qu'elle retint un petit cri. Cette fois, il n'y avait plus de doute, conclut-elle, atterrée : James avait tout du séducteur psychopathe. Et ils n'en étaient qu'à l'apéritif ! Comment allait-elle survivre à cette soirée ? Anne et Brian allaient avoir de ses nouvelles ! Quelle idée de la mettre entre les mains d'un tel cinglé !

A quelques tables d'eux, se trouvait un autre couple, probablement lui aussi en train de faire connaissance, comme Lea le comprit aux bribes de conversation qu'elle percevait de temps à autre.

Comme James appelait la serveuse d'une voix de stentor pour la quatrième fois, sous le regard de plus en plus courroucé de leurs voisins, Lea se concentra sur l'étude de ce couple pour se donner une contenance. L'homme, auquel elle donnait une petite trentaine, s'adressait d'une voix calme et courtoise au serveur. Il ne semblait pas faire une fixation pathologique sur les pieds de sa voisine, lui ! Bref, le cavalier de rêve, exactement le contraire de James ! songea Lea avec dépit. Et en plus, il était franchement séduisant ! Pourquoi diable Anne et Brian ne lui avaient-ils pas trouvé quelqu'un de civilisé dans son genre ?

La compagne du cavalier idéal, une jolie fille plus jeune que lui, était à l'évidence une pro du flirt, nota Lea avec une pointe d'envie. Certes, son numéro manquait de subtilité, mais tout y était, depuis le regard en coin derrière les cils chargés de rimmel, les grands coups de tête pour faire virevolter ses boucles blondes, le rire de gorge à la moindre parole de son compagnon. Elle avait dû prendre des leçons… Peut-être Lea devrait-elle lui demander le nom de son coach ?

Dans l'immédiat, elle se contenta de l'observer attentivement, fascinée par son offensive de charme, notant mentalement au passage les sourires appuyés, les battements de cils, avec l'idée que ce genre de mimiques étudiées pourrait lui servir un jour. Cependant, quelque chose clochait, constata-t-elle après quelques minutes : l'homme avait un sourire poli, mais absent. En réalité, il semblait s'ennuyer ferme…

Indifférent à sa compagne, il observait d'un air surpris James qui agitait la carte avec frénésie sous le nez de la serveuse en vitupérant, et n'entendit pas la question qu'elle lui posait. Elle dut se pencher et la lui répéter pour capter enfin son attention. Il se redressa alors brusquement et, avec un sourire forcé, lui fit l'aumône de quelques paroles.

Lea ne quittait pas des yeux le couple, autant pour se désolidariser du comportement de James que par pure curiosité. Quand la blonde se leva pour aller aux toilettes, elle hésita presque à la suivre pour lui demander des conseils. Sa méthode n'était peut-être pas parfaite, à en juger par le manque de réceptivité du beau brun, mais elle-même n'avait-elle pas tout à apprendre ? Elle aurait eu mille questions à lui poser : était-elle censée embrasser James le premier soir ? Que se passerait-il s'il tentait de le faire et qu'elle le repoussait ? Porterait-il plainte pour non-respect des règles en usage lors d'un premier rendez-vous ?

Elle renonça cependant à aller trouver la jeune femme et jeta un coup d'œil à James. Même si elle enfreignait le code en vigueur, elle était de plus en plus décidée à ne pas le laisser l'embrasser, pour la bonne et simple raison qu'elle n'en avait pas la moindre envie !

James avait encore trouvé un nouvel alibi pour harceler la pauvre serveuse, qui semblait à bout. Cette fois, c'était l'eau qui n'était pas assez fraîche ! Qu'inventerait-il ensuite ? De nouveau dérangés par son ton menaçant et sa voix agressive, les voisins le dévisageaient avec de plus en plus d'hostilité. Le beau brun, lui aussi témoin de la scène, jeta un regard empreint d'une sympathie attristée à Lea, tandis qu'un sourire amusé se dessinait sur ses lèvres.

Il avait pitié d'elle, se dit-elle, atterrée. Non seulement elle passait la plus mauvaise soirée de sa vie avec un dangereux écraseur d'orteils, mais elle était un objet de pitié pour de parfaits inconnus, par-dessus le marché ! Quel cauchemar ! Elle éprouva tout à coup le besoin de mettre les choses au clair.

— « Rendez-vous arrangé », articula-t-elle silencieusement à l'intention du beau brun, profitant du fait que James avait la tête tournée de l'autre côté.

Une expression à la fois étonnée et amusée se dessina sur les traits virils de l'inconnu.

— « Moi aussi », articula-t-il à son tour avec un clin d'œil complice.

Lea lui sourit, ravie de cette coïncidence. Elle n'était donc pas la seule dans son cas… Mais quel dommage que Anne et Brian aient si mal choisi ! Avec ce bel inconnu, elle ne se serait pas posé un instant la question de savoir s'il fallait l'embrasser ou non à la fin de la soirée. Il avait tout pour plaire : des yeux bleus vraiment irrésistibles, de l'humour, de la classe ! Et avec lui, pas besoin de conclure par une consultation chez le podologue !

La serveuse s'éloigna d'un air exaspéré après avoir momentanément calmé James, qui fut soudain pris d'un regain d'énergie dans son attaque en règle des pieds de Lea. Cette dernière tenta désespérément de lui soustraire ses extrémités en repliant ses jambes sous sa chaise, mais en vain… James semblait décidé à porter l'estocade finale. Quand elle sentit la semelle de son mocassin sur son tibia, elle sursauta violemment et hésita sur la marche à suivre. Elle n'avait qu'une envie : lui jeter sa serviette à la figure et partir en courant! Mais l'idée de faire une scène en public lui était insupportable. Il fallait trouver une façon discrète mais ferme de le décourager définitivement.

— Je suis désolée, mais vous me faites mal, déclara-t-elle d'une voix décidée. C'est fou comme il y a peu de place sous cette table, vous ne trouvez pas ?

A ces mots, le visage de James se décomposa. Touché ! songea-t-elle, ravie, tandis qu'il lui jetait un regard ahuri. Ses pieds étaient désormais à l'abri de toute attaque sournoise...

A partir de cet instant, James se tut, répondant aux tentatives de conversation de Lea, au mieux par un oui ou un non, au pire par une onomatopée. Il la dévisageait d'un regard glacial, à l'évidence atteint au plus profond dans son orgueil de mâle conquérant...

Quelle épreuve ! songeait Lea, découragée. Au bout d'un moment, elle cessa de faire les questions et les réponses et se força à picorer sans grand appétit. La salade était passable, et elle en avala quelques bouchées avec peine en essayant d'imaginer une tentative de repli. Cette soirée se révélait un vrai fiasco au seul motif qu'elle avait refusé de se faire écraser les orteils ! N'était-ce pourtant pas la réaction naturelle de tout être humain normalement constitué ?

A la table à côté, les choses n'allaient guère mieux, constata-t-elle non sans un certain plaisir en tendant l'oreille. Le beau brun écoutait d'un air distrait sa compagne lui raconter les dernières frasques de vedettes de la télévision dont elle semblait connaître la vie privée sur le bout des doigts. Dotée d'un solide appétit, elle dévora son entrée et, dès la dernière bouchée avalée, sortit de son sac un chewing-gum qu'elle se mit à mâcher avec ostentation. Puis, tout d'un coup, elle sortit le chewing-gum de sa bouche, le colla sous son assiette et se leva pour aller aux toilettes. Pour la deuxième fois en vingt minutes...

Dès qu'elle eut disparu, son cavalier repoussa sa nourriture sur le bord de son assiette avec une grimace de dégoût : l'épisode du chewing-gum lui avait à l'évidence coupé l'appétit.

Puis son regard croisa celui de Lea et ils soupirèrent à l'unisson avec le même air accablé.

C'est l'instant que choisit James pour héler encore une fois la malheureuse serveuse qui avait eu l'imprudence de passer à quelques mètres de leur table. C'en était trop ! songea Lea, soudain à bout.

— Excuse-moi un instant, je vais me rafraîchir, lança-t-elle en se levant si brusquement qu'elle faillit faire tomber sa chaise. Je reviens.

Assister une nouvelle fois aux objections de ce malotru était au-dessus de ses forces ! Comme elle aurait aimé pouvoir s'enfermer à double tour dans les toilettes et n'en ressortir que quand il serait parti !

— Ma chérie ! Je m'en veux tellement !

Tout à coup, une main se posa sur l'épaule de Lea. Elle sursauta et se retourna, stupéfaite. Qui l'interpellait ainsi ?

A sa grande stupéfaction, elle aperçut le beau brun qui s'était levé de sa chaise pour venir à sa rencontre : c'était bien à elle qu'il venait d'adresser ces paroles incompréhensibles ! Encore un psychopathe ! songea-t-elle affolée. Qu'avait-elle fait au bon Dieu pour être entourée de malades mentaux ?

Elle allait se dégager au plus vite quand il lui lança un clin d'œil de connivence ; d'abord interloquée, elle finit par deviner qu'il voulait lui dire quelque chose à l'insu de James. Il n'était peut-être pas aussi fou qu'il en avait l'air. Mais quel message cherchait-il à lui faire passer ?

— Pardonne-moi, je t'en prie, reprit l'inconnu d'une voix implorante en lui prenant la main. Tu m'as tellement manqué !

Il la fixa avec intensité et elle nota la profondeur de son regard, d'un bleu d'une pureté telle qu'elle n'en avait jamais vu auparavant.

— Nous n'aurions jamais dû nous séparer, insista-t-il suffisamment fort pour que James l'entende. En te revoyant ici ce soir, j'ai compris que je ne pouvais pas vivre sans toi…

Lea hésita un instant. Cette mise en scène était insensée, mais n'était-ce pas la solution la plus radicale et la plus rapide pour se débarrasser de l'horrible James ? La perspective cauchemardesque de se rasseoir face à ce dernier emporta sa décision.

Affichant brusquement un sourire radieux, elle passa un bras autour du cou de l'inconnu.

— Moi non plus, je ne peux pas me passer de toi ! renchérit-elle d'un ton aussi pathétique qu'elle le put.

Partagée entre la confusion de se jeter ainsi à la tête d'un inconnu et l'envie d'éclater de rire tant la situation était comique, elle rougit et se blottit contre son torse. Alors il l'enlaça d'une main ferme et elle perçut les effluves discrets de son eau de toilette. Il sentait délicieusement bon ! songea-t-elle malgré elle.

— Qu'est-ce qui se passe ici ?

James s'était approché et observait la scène d'un air courroucé. Le pauvre ! songea Lea avec une satisfaction coupable. C'était le coup de grâce pour son orgueil de mâle, déjà sérieusement mis à mal depuis le début du dîner ! La situation commençait à devenir franchement divertissante, et elle décida de jouer le jeu à fond.

— Je suis désolée, James, bredouilla-t-elle d'un air contrit. Je te présente mon fiancé. Nous venons de rompre mais… je n'ai cessé de penser à lui depuis lors : je suis sûre à présent que nous sommes faits l'un pour l'autre, affirma-t-elle avec un sérieux qui l'étonna elle-même.

Pour compliquer un peu plus la scène, la blonde sortit des toilettes à cet instant et ouvrit de grands yeux écarquillés en apercevant le trio. On se serait cru dans une pièce de boulevard, se dit Lea, de plus en plus amusée.

— Tom ! s'écria la blonde de sa voix trop forte. Tu me plantes là ?

— J'espère que tu ne m'en voudras pas, Beth, bredouilla Tom en désignant Lea, mais je suis amoureux d'elle, je l'ai toujours été. Il a fallu que je la voie avec un autre pour que je comprenne que nous n'aurions jamais dû nous séparer !

Il se tourna vers Lea et lui jeta un regard empreint d'une telle adoration qu'elle aurait pu s'y tromper. Un comédien né, ce beau brun ! se dit-elle, admirative.

— Pardonne-moi, Beth, reprit-il, je me croyais prêt à une nouvelle histoire, mais je me suis trompé. Tu m'en voudras beaucoup si nous en restons là ?

Contre toute attente, un sourire ému se peignit sur les lèvres rouge carmin de Beth.

— Mais, non, Thomas, je ne t'en veux pas ! Si tu savais comme je suis heureuse pour vous ! Des amoureux qui se retrouvent par hasard et qui comprennent enfin qu'ils sont faits l'un pour l'autre… C'est tellement romantique !

Elle écrasa une larme avec précaution, rimmel oblige.

— Exactement comme dans *Rendez-vous avec l'amour*, quand Kevin et Pamela se retrouvent après leur séparation ! ajouta-t-elle, extatique. Je n'ai pas manqué un épisode depuis le début de la série. Toutes mes félicitations !

— Merci de ta compréhension, Beth, s'écria Thomas en lui déposant un baiser sur la joue.

Lea en profita pour jeter un coup d'œil en coin à James. Quelle allait être sa réaction ? En bon macho qu'il était, il devait être au bord de l'apoplexie !

Contre toute attente, il garda son calme, même si ses traits crispés trahissaient sa fureur. Il semblait chercher la façon la moins ridicule de se tirer de ce mauvais pas tout en ménageant son orgueil.

Faisant mine d'ignorer Lea et son pseudo-fiancé, il se tourna vers Beth.

— Que diriez-vous de vous asseoir à ma table, mademoiselle ? suggéra-t-il d'une voix tendue. Nous pourrions finir de dîner ensemble, puisque nous sommes abandonnés par nos partenaires…, ajouta-t-il avec un regard noir à Lea.

Beth ne se le fit pas dire deux fois.

— Avec plaisir ! Je ne refuse jamais la compagnie d'un bel homme, vous savez ! s'écria-t-elle en roucoulant.

Lea retint un sourire. Le numéro de charme de Beth était le même, quel que soit son interlocuteur. Cette fille était une vraie machine à séduire ! En tout cas, elle lui devait une fière chandelle, se dit-elle en la voyant s'éloigner vers la table en compagnie de James. Grâce à Beth, l'honneur de ce dernier était sauf, ou presque, et elle-même se tirait à bon compte d'une situation délicate.

Quelques instants plus tard, elle sortait de la salle au bras de Thomas, sous les regards complices et amusés des clients qui n'avaient rien perdu de la scène.

Une fois dans la rue, elle se dégagea aussi vite qu'elle le put et s'arrêta, les jambes tremblantes. Avait-elle rêvé, ou cette incroyable scène avait-elle réellement eu lieu ?

— Mon Dieu ! s'écria-t-elle avec un profond soupir. Quel cauchemar que ce dîner !

— A qui le dites-vous ! renchérit Thomas. Vous m'avez rendu un fier service !

— C'est moi qui devrais vous remercier ! protesta Lea. Sans vous, je ne sais pas où j'en serais à cet instant. Le chewing-gum sous l'assiette, ce n'est peut-être pas très classe, mais vous, au moins, vous n'aurez pas les chevilles couvertes d'ecchymoses demain matin !

— Je dois dire que le jeu du chat et de la souris sous la table était assez amusant à observer, fit-il remarquer avec un sourire. Pas très gentleman, votre James !

— Ah, vous trouvez aussi ? s'écria Lea, soulagée. Je me demandais si donner des coups de pied à sa partenaire faisait partie du rituel de séduction…

— Rituel ? Je ne sais pas s'il existe un rituel, déclara-t-il, étonné. En tout cas, je ne le connais pas…

— Moi, je n'y connais rien du tout ! avoua Lea. Pauvre Beth ! Dire qu'on l'a jetée dans la gueule du loup ! Peut-être devrions-nous aller à sa rescousse ? Vous imaginez l'état de ses jambes demain matin si elle reste jusqu'à la fin du dîner ?

Il sourit de nouveau.

— Ne vous en faites pas pour Beth. Elle est passée maître dans l'art de mener les hommes par le bout du nez ! Sous son côté fleur bleue, c'est en réalité une redoutable prédatrice ! Peut-être est-ce James que nous devrions plaindre…

Il lui tendit la main.

— Nous n'avons même pas eu le temps de nous présenter : Thomas Carlisle, annonça-t-il.

— Lea Rhodes.

— Ravi de faire votre connaissance, même dans des circonstances aussi étranges ! Je peux vous appeler un taxi, vous raccompagner chez vous ? suggéra-t-il.

— Je vais prendre un taxi, affirma Lea. Plus vite je serai sous ma couette avec mon chat roulé en boule à mes pieds, plus vite je me consolerai de cette soirée désastreuse !

— C'était donc si pénible ?

— Horrible ! Le flirt, je n'y comprends rien ! reconnut Lea, dépitée. Je suis nulle !

— Flirter, c'est tout un art, enchaîna Thomas. Qui s'apprend, comme le reste. Mais certains sont plus doués que d'autres…

— Vous parlez en véritable expert !

— Quand vous n'êtes pas un adepte du mariage et que vous n'avez pas envie de vous fixer, vous êtes nécessairement amené à papillonner, reconnut-il. Et ne dit-on pas que c'est en forgeant qu'on devient forgeron ? ajouta-t-il avec un clin d'œil amusé. La pratique vaut mieux que tous les livres !

Il y eut un silence, pendant lequel Lea dévisagea longuement son interlocuteur d'un air concentré. Elle réfléchissait… Mais oui, bien sûr, elle avait trouvé ! se dit-elle après quelques instants. Thomas Carlisle était l'homme providentiel, le coach qui lui enseignerait tout ce qu'elle ignorait du jeu de la séduction !

Il avait l'expérience dont elle était dépourvue, la pratique qui lui faisait cruellement défaut. C'était un homme habitué à séduire, suffisamment compréhensif et intelligent pour lui prodiguer conseils et avertissements : exactement ce qu'il lui fallait…

2.

Thomas Carlisle ne comprenait toujours pas pourquoi il avait agi ainsi. Sauver une gente demoiselle des griffes du vilain obsédé qui s'acharnait sur ses orteils, voilà qui ne lui ressemblait pas ! D'ailleurs, s'il n'était pas intervenu, elle s'en serait probablement sortie toute seule en jetant son verre à la figure de son partenaire ! Dans ce cas, pourquoi s'était-il lancé dans cette scène vaudevillesque ?

Elaborer un plan de sauvetage aussi sophistiqué n'avait jamais fait partie de l'arrangement qu'il avait conclu avec Anne. Ils s'étaient juste entendus pour qu'il la prévienne par téléphone si les choses tournaient mal pour Lea. Anne aurait alors appelé son amie sur son portable en prétextant avoir besoin d'elle de toute urgence, ce qui aurait mis un terme à la soirée.

Le scénario était simple ; les raisons pour lesquelles il avait décidé d'en modifier les règles en cours de route l'étaient moins… Avait-il été poussé à bout par la conversation assommante de Beth, avec laquelle il dînait pour la première fois, ou bien avait-il été plutôt charmé par l'éclat mutin qui brillait dans les yeux verts de Lea quand leurs regards se croisaient d'une table à l'autre ? Il l'ignorait lui-même…

Que faire à présent qu'il était dans la rue avec elle ? Anne l'avait menacé des pires représailles s'il lui révélait qu'elle l'avait engagé pour lui servir de chaperon à distance. Cependant Anne s'était bien gardée de lui dire que sa « copine célibataire » était une ravissante jeune femme au regard d'émeraude, pleine de vitalité et d'humour, et pas du tout la vieille fille frustrée qu'il avait imaginée…

Pourquoi ne pas essayer de pousser son avantage ? se dit-il tout à coup. Séduire la jeune femme qu'il était censé protéger serait assez amusant… même s'il s'exposait aux foudres d'Anne en agissant ainsi.

Mais quand il se tourna vers Lea pour lui proposer un rendez-vous dès le lendemain, elle le dévisageait avec un regard si intense qu'il ravala ses paroles. Pourquoi l'observait-elle comme un prédateur regarde sa proie ? Cette jeune femme soi-disant inexpérimentée allait-elle se révéler une chasseuse d'hommes aussi redoutable que Beth ? Il n'avait pas échappé à l'une pour tomber sur l'autre !

— Vous avez dit qu'il n'y a rien de tel que la pratique, n'est-ce pas ? lança-t-elle alors d'une voix vibrant d'excitation. Et vous n'en manquez pas, si j'ai bien compris ! Alors vous êtes exactement l'homme qu'il me faut : la chance me sourit enfin !

— L'homme qu'il vous faut ? répéta Thomas, incrédule.

— Absolument ! affirma Lea avec un sourire radieux.

— Et de quel homme avez-vous donc besoin ?

— D'un play-boy, d'un séducteur professionnel. Comme vous.

Il resta muet de stupéfaction. Yeux d'émeraude ou pas, il était apparemment tombé sur une folle furieuse ! C'était bien sa chance !

— Un play-boy ? Je n'ai rien d'un play-boy ! protesta-t-il.

— Pardon, je n'ai pas voulu vous insulter ! dit Lea. J'avoue que le terme est un peu péjoratif, mais je ne maîtrise pas encore très bien la terminologie amoureuse. Pour approfondir le sujet, j'ai été jusqu'à faire des recherches sur Internet : vous n'imaginez pas tout ce que vous obtenez quand vous tapez le mot « séduire » !

Décidément, c'était bien ce qu'il pensait, songea Thomas : elle était folle ! Dommage, elle avait vraiment de très beaux yeux verts...

— Ecoutez, si on allait dîner quelque part ? enchaîna-t-elle d'un ton décidé. Ce serait plus facile pour discuter, et mon face-à-face avec James m'a tellement coupé l'appétit tout à l'heure que j'ai à peine goûté mon entrée. Maintenant, je meurs de faim ! Allez, je vous invite ! Je sais, je dois vous paraître un peu fofolle, mais je vous assure que je ne le suis pas ! Si vous me laissez vous expliquer, vous allez tout comprendre..., ajouta-t-elle à la hâte en voyant la stupéfaction se peindre sur le visage de Thomas.

— Bon, d'accord, dit-il enfin. Je n'ai pas mangé plus que vous tout à l'heure et mon estomac crie famine lui aussi. Mais vous me promettez que vous ne mâcherez pas du chewing-gum au milieu du repas ?

— Promis ! assura-t-elle. Bon, on va où ? Vous avez vos habitudes dans le quartier ?

— Pas vraiment. Prenons ma voiture. Je connais un restaurant un peu plus loin qui nous recevra encore à cette heure tardive. Ou peut-être préférez-vous y aller en taxi ? ajouta-t-il pour la tester.

— Non, non, votre voiture, c'est parfait.

Il pensa qu'elle était bien imprudente de monter ainsi en pleine nuit dans la voiture d'un inconnu, mais se tut. Peut-être aurait-il l'occasion de la mettre en garde sur le sujet plus tard dans la soirée.

— Vous êtes sûr qu'il ne faut pas s'inquiéter pour Beth ? demanda-t-elle quand elle fut installée sur le siège. Je me sens coupable de l'avoir laissée entre les griffes de James !

— Ne vous en faites pas ! Je la connais à peine, mais je sais par des amis communs que rien ne l'effraie !

— Vous n'aviez pas l'air de passer une très bonne soirée en sa compagnie, fit remarquer Lea.

— Oh, elle n'est pas méchante, expliqua Thomas en faisant démarrer la voiture. Mais elle est jeune, trop jeune ! Ou c'est plutôt moi qui, à trente-deux ans, me fais vieux… En tout cas, je ne connaissais aucune des stars du show-biz qu'elle a mentionnées pendant le repas !

— Pourquoi ce dîner alors que vous n'avez rien de commun ? interrogea Lea.

— C'était un rendez-vous arrangé, comme pour vous. Ma demi-sœur m'a supplié d'inviter Beth à dîner. Elle a tellement insisté que j'ai fini par accepter pour avoir la paix.

Il s'arrêta là : un mot de plus, et il aurait trahi la promesse qu'il avait faite à Anne. D'ailleurs, il avait assez menti pour aujourd'hui.

— Beth est une amie de votre demi-sœur ?

— Non, la cousine d'un ami de son mari, si j'ai bien compris. Et une vraie mangeuse d'hommes, j'en suis sûr !

— Et vous êtes un célibataire endurci, rétif à tout engagement, c'est cela ?

Célibataire endurci, play-boy, séducteur professionnel ! Lea semblait prompte à coller des étiquettes sur les gens, se dit-il, agacé. En tout cas, elle avait de lui une image bien caricaturale !

— Je suis un célibataire heureux de l'être, corrigea-t-il. Et malgré tout une proie rêvée pour les marieuses en tout genre. Vous n'imaginez pas le nombre d'amies bien intentionnées qui veulent me voir convoler ! ajouta-t-il avec un soupir las.

— Et pourquoi souhaitez-vous rester célibataire ? demanda Lea. Oh, excusez-moi, je suis peut-être indiscrète !

— Pas du tout ! protesta-t-il, très à l'aise. J'aime la vie que je mène aujourd'hui, voilà tout ! Mais si vous interrogez ma demi-sœur, elle vous expliquera bien sûr que je n'ai tout simplement pas rencontré la femme qu'il me fallait !

Lea sembla réfléchir.

— Ce n'est pas une raison valable pour ne pas se marier, fit-elle enfin remarquer. A votre âge, les gens sont casés, même s'ils n'ont pas tous rencontré l'âme sœur…

Thomas lui jeta un coup d'œil surpris.

— Vous êtes bien cynique ! lança-t-il.

— C'est la réalité !

— Peut-être, mais vous voyez ce que ça donne : plus d'un mariage sur trois finit par un divorce, déclara-t-il tout en se garant devant le restaurant.

Quand ils furent installés à leur table quelques minutes plus tard, Lea relança le sujet.

— Donc vous pensez qu'il vaut mieux attendre le partenaire idéal toute sa vie plutôt que se résoudre à s'unir à un partenaire… un peu moins idéal ? demanda-t-elle en posant sur lui un regard aigu.

Le vert de ses yeux avait vraiment la transparence et la profondeur de l'émeraude, pensa-t-il. Derrière ses longs cils recourbés, son regard était aussi insondable et fascinant qu'une pierre précieuse.

— Non, je ne suis pas romantique à ce point-là, n'en déplaise à Beth ! protesta-t-il en souriant.

— Vous devriez. Les femmes adorent les hommes romantiques, expliqua-t-elle avec un sourire. Moi comme les autres…

Lea se rendit compte un peu tard que ses paroles pouvaient paraître ambiguës. Pas question de lui donner l'impression qu'elle voulait flirter avec lui ! Elle avait juste besoin de ses services.

— En tout cas, choisir la personne avec laquelle vous allez construire votre vie est un vrai casse-tête, reprit-elle, désabusée. Je parie que la plupart des couples divorcés étaient persuadés d'avoir trouvé l'âme sœur pour l'éternité.

— Oui, mais les êtres changent, et leurs aspirations aussi, fit observer Thomas.

30

— Pourtant, certains ont l'air faits l'un pour l'autre ! Mon amie Anne et son mari, par exemple. Leur couple est si soudé, si solide ! Le couple idéal, en quelque sorte, ajouta-t-elle avec un soupir.

Il la dévisagea avec attention, luttant contre la gêne que suscitait en lui l'évocation d'Anne, qu'il n'était pas censé connaître.

— Je sens une nuance d'amertume dans votre voix, enchaîna-t-il au plus vite. Je me trompe ? Vous avez eu une déception sentimentale ?

— Oui, mon petit ami et moi avons rompu il y a un an, expliqua Lea. C'était mon premier flirt d'adolescente… Mais aujourd'hui, la page est tournée : j'ai décidé que mon célibat avait assez duré et je me considère de nouveau comme un cœur à prendre. Voilà pourquoi j'avais accepté ce rendez-vous arrangé. Mais après ce fiasco, je ne suis pas sûre de vouloir retenter l'expérience !

— Ne vous découragez pas si vite ! Je suis sûr que dans quelque temps, vous serez la première à rire de cette soirée. Figurez-vous que j'ai des souvenirs de rencontres désastreuses qui rendent mes amis absolument hilares : ça fait partie du jeu !

— Voilà exactement pourquoi vous m'intéressez, déclara-t-elle.

— Quoi ? Vous voulez entendre mes anecdotes ?

— Mais non, pas du tout ! Il est temps que je vous explique…

L'arrivée du serveur venu prendre leur commande l'interrompit. Dès qu'il se fut éloigné, Lea s'appuya des deux coudes sur la table et se pencha vers Thomas d'un air de conspirateur.

— Je veux vous engager, annonça-t-elle d'un ton solennel.

— M'engager ? Mais pour quoi faire ? rétorqua-t-il, ahuri.

— Pour une mission confidentielle, chuchota-t-elle. Très confidentielle. Vous êtes l'homme idéal. D'autant plus que nous sommes de parfaits étrangers l'un pour l'autre et que nous n'avons aucune connaissance commune.

Thomas pianota nerveusement sur la table. Un instant, il fut tenté de lui parler d'Anne, mais la perspective de se faire traiter de tous les noms par sa demi-sœur quand elle apprendrait sa trahison le retint. Anne était adorable… cependant, elle pouvait se transformer en harpie si elle s'estimait lésée.

— Comment vous dire ? reprit Lea en cherchant ses mots. J'ai besoin d'aide, mais surtout pas venant de mes amis ! Ils veulent aussi me caser, et s'acharnent à vouloir me faire rencontrer le mari parfait ! Chacun y va de son couplet sur la solitude et le célibat, et je ne supporte plus leurs remarques, même si elles sont bien intentionnées ! Ils ont eu la bonne idée de m'organiser ce dîner avec James… Comme mari, on doit pouvoir trouver mieux, vous ne pensez pas ?

Elle poussa un soupir éloquent et Thomas resta muet. Tout ça, il le savait déjà par Anne. Il attendait la suite…

— Vous promettez que ce que je vais vous dire restera entre nous, n'est-ce pas ? lança-t-elle alors d'un ton inquiet.

— Je vous le promets.

— J'ai peur que tout ça vous paraisse absurde, murmura-t-elle, soudain hésitante.

Pourquoi semblait-elle perturbée tout à coup ? songea Thomas, surpris. Craignait-elle de ne pas pouvoir lui faire confiance ? Il allait lui réitérer sa promesse quand il aperçut des larmes dans ses grands yeux verts. Stupéfait, il resta un moment désarçonné, avant de céder au besoin instinctif de la réconforter.

— Lea, je vous assure que je sais garder un secret, murmura-t-il en posant sa main sur la sienne. Votre problème est donc si grave ?

Elle se moucha discrètement. Quand elle releva la tête, elle souriait de nouveau.

— Je suis désolée, bredouilla-t-elle. En ce moment, je suis à cran… ce sont sûrement mes hormones.

Il retira sa main au plus vite. Un problème hormonal ? Une grossesse, certainement ! Elle était enceinte, c'était clair… Mais pourquoi Anne n'avait-elle pas mentionné ce détail essentiel ? Etait-ce là le secret que Lea voulait lui confier ?

Dommage, songea-t-il tout à coup en observant le joli minois de la jeune femme : il n'avait nul besoin d'une petite amie affublée d'un enfant. Où était le père, d'ailleurs ? Aux abonnés absents ? Etait-ce pour le reconquérir que Lea avait besoin de ses services ?

— En fait, je crois qu'en plus j'ai un peu trop bu, avoua-t-elle, gênée. Je ne tiens pas très bien l'alcool, et ce vin blanc est trop tentant…

Thomas écarta délibérément la bouteille.

— Vous avez raison, vous buvez trop, décréta-t-il avec aplomb. Je vais vous commander quelque chose. De l'eau, un jus de fruits ?

— Surtout pas ! Je vais continuer sur le vin blanc, mais plus doucement, annonça-t-elle en avançant la main vers son verre.

D'autorité, Thomas la devança.

— Vous assez bu, assena-t-il en saisissant le verre. L'alcool n'est pas bon pour votre enfant.

Lea le dévisagea, éberluée.

— Mon enfant ?

— Oui. Même à petites doses, boire est déconseillé pendant la grossesse, déclara-t-il d'un ton docte. Même moi, je sais ça ! Vous pouvez tout de même faire un effort pendant neuf mois, non ?

Lea fronça les sourcils, de plus en plus déroutée.

— Mais de quoi parlez-vous ?

— De votre bébé.

— Mais, Thomas…

— Vous n'êtes pas enceinte ? bredouilla-t-il, au comble de la confusion. Je suis désolé ! Quand vous avez parlé d'hormones, j'ai cru que…

Lea éclata de rire.

— Pas du tout ! Vous devriez savoir que les hormones des femmes les tracassent pour un oui ou pour un non ! Les miennes comme celles des autres !

— Bon, d'accord, dit Thomas. Autant pour moi. Acceptez mes plus plates excuses, ajouta-t-il en lui rendant son verre. Je me suis conduit comme un imbécile…

— C'est ma faute, je ne sais plus où j'en suis. En tout cas, si ça peut vous rassurer, sachez que je ne pleure jamais en public et que je ne fais pas davantage de propositions bizarres à des inconnus ! précisa-t-elle avec un éclat mutin dans le regard.

— Je suis donc l'exception qui confirme la règle… Mais venons-en au fait. Pourquoi exactement avez-vous besoin de moi ?

Elle redevint sérieuse et le dévisagea avec attention, comme pour juger s'il était digne de confiance.

— C'est vrai que je ne vous connais pas, murmura-t-elle comme si elle se parlait à elle-même. L'idée de mettre mon avenir entre vos mains est risquée. Peut-être devrais-je en rester là…

— Votre avenir ? s'exclama Thomas, interloqué. J'ai l'impression que vous parlez chinois !

Elle se pencha de nouveau vers lui.

— Vous me promettez que vous ne rirez pas ? demanda-t-elle d'une petite voix.

Il sourit.

— Mais non ! assura-t-il, amusé par cette question puérile.

Elle prit une profonde inspiration pour se donner du courage.

— Je veux un bébé, annonça-t-elle sans cesser de le regarder.

— Vous voulez quoi ? rétorqua-t-il, les yeux écarquillés.

— Vous avez bien entendu : un bébé.

Elle était encore plus folle qu'il ne l'avait pensé. Aborder un inconnu pour lui demander un bébé ! Non, c'était impossible, même avec quelques verres de trop… Il lui jeta un regard effaré, hésitant sur la conduite à tenir. Si elle était aussi démente qu'elle en avait l'air, mieux valait ne pas la brusquer.

— Très bien, articula-t-il d'une voix posée qui sonna faux. Vous souhaitez avoir un enfant. Jusque-là, je vous suis.

Il s'efforçait de paraître maître de lui, mais en réalité il n'avait qu'une envie : prendre ses jambes à son cou…

— Oui, je veux un bébé, reprit-elle avec véhémence. Est-ce une question d'équilibre biologique ou hormonal, je n'en sais rien, mais je ne pense plus qu'à ça ! Et comme j'ai perdu depuis longtemps toutes mes illusions sur le prince charmant, l'amour avec un grand A et *tutti quanti*, il faut que je me débrouille pour trouver toute seule un géniteur. Et laissez-moi vous dire que c'est une lourde tâche ! On dirait que tous les mâles que je rencontre se sont donné le mot, car aucun ne correspond au père idéal. Or le temps presse !

Elle se pencha en avant et eut une mimique douloureuse.

— Je vais avoir trente ans, vous savez, chuchota-t-elle sur le ton du secret.

— Je vois, acquiesça Thomas prudemment.

— Je n'ai eu qu'une seule relation sérieuse dans toute ma vie, précisa-t-elle. Nous avons rompu l'année dernière. Sinon, le calme plat. Jusqu'à ce dîner catastrophique… Vous voyez que, côté expérience, c'est plutôt maigre !

Thomas toussota nerveusement, de plus en plus mal à l'aise. Pourquoi lui racontait-elle sa vie ? Il ne lui avait rien demandé !

— Je ne vois pas très bien en quoi je peux vous aider, fit-il remarquer d'un ton distant.

Peut-être s'apprêtait-elle à lui réclamer un don de sperme ? songea-t-il tout à coup avec horreur. Si tel était le cas, il lui dirait poliment non et la planterait là, seule avec son dîner.

Il recula sur son siège et croisa les bras en la fixant d'un regard nerveux. Il était prêt.

Ils se dévisagèrent un moment dans un silence pesant. Enfin, contre toute attente, Lea éclata de rire.

— Vous en faites une tête ! s'exclama-t-elle. Vous n'imaginez tout de même pas que je vais vous demander… que je vais vous mettre à contribution ? Non, il ne s'agit pas de ça !

— A quoi faites-vous allusion ? rétorqua Thomas, piqué au vif.

— Détendez-vous, Thomas ! Je vous jure que je n'ai pas l'intention de vous demander d'être le père de mon enfant ! Je n'en veux en aucune façon à vos spermatozoïdes !

— C'est vrai ? demanda-t-il avec un évident soulagement.

— Vous me prenez vraiment pour une folle furieuse ! fit remarquer Lea, vexée. Jamais je ne demanderais ça à un parfait inconnu ! Et en tout cas pas à quelqu'un comme vous !

Ce fut au tour de Thomas de prendre la mouche.

— Quelqu'un comme moi ? s'exclama-t-il, furieux.

— Vous n'avez rien du père idéal, bien au contraire ! Ne venez-vous pas de m'expliquer que vous papillonnez et que vous n'avez pas la moindre intention de vous fixer ! C'est bien ce que vous m'avez dit, n'est-ce pas ?

Devant le regard accusateur de Lea, Thomas se troubla comme un enfant pris en faute.

— Oui, c'est bien ça, confessa-t-il.

— Alors vous ne m'intéressez pas, rassurez-vous ! Je veux un homme stable, prêt à s'engager et à fonder une famille. Quelqu'un de mûr et de responsable. Bref, le contraire de vous. Evidemment, je pourrais me contenter d'une insémination artificielle, mais très peu pour moi ! Mes enfants auront un vrai père, en chair et en os !

Lea allait un peu vite en besogne en s'imaginant déjà avec plusieurs enfants, songea Thomas. En tout cas, il ne voyait toujours pas ce qu'il avait à faire dans toute cette histoire.

— Puisque je ne vous intéresse ni comme géniteur ni comme mari potentiel, à quoi pourrais-je bien vous servir ? demanda-t-il, de plus en plus intrigué.

Lea leva les bras au ciel.

— C'est évident ! Vous connaissez tout des techniques de séduction, des travaux d'approche que, moi, je ne maîtrise pas ! Vous allez m'apprendre, et grâce à vous je dénicherai rapidement l'oiseau rare.

— Vous apprendre quoi ?

— M'expliquer ce qu'il faut faire ou pas lors d'un premier rendez-vous ; me préciser les attentes d'un homme ; me dire quels sont les indices qui permettent de savoir s'il est sincère ou pas… Vous voyez le tableau ? Il y a certainement des trucs pour que ça marche, et je n'ai aucune idée sur la question.

— Ah ! dit-il, abasourdi.

Elle se méprit sur sa mine soupçonneuse.

— Vous vous demandez certainement quel intérêt vous trouverez à me conseiller, reprit-elle. Ne vous inquiétez pas, j'ai tout prévu : vous serez rémunéré. J'ai l'habitude de travailler avec des consultants au bureau, et je vous paierai exactement comme eux. Ce qui n'est pas rien, soit dit en passant. De plus, en travaillant en équipe avec moi, vous approfondirez vos connaissances en matière de psychologie féminine, ce qui pourra vous servir pour vos propres conquêtes, j'en suis sûre.

— Je ne veux pas de votre argent, assena Thomas.

— Et moi je tiens à vous payer si vous acceptez, insista Lea. Il s'agit d'un contrat professionnel, comme n'importe quel autre contrat : j'ai recours à votre expertise et il est normal que je vous rétribue.

— Mais pourquoi moi ?

— Parce que vous connaissez les femmes, que vous savez les séduire, et que vous m'expliquerez ce qu'il faut faire pour attirer et retenir la perle rare. Comme je vous l'ai dit, je suis pressée. Avec votre expérience, vous me ferez gagner un temps fou ! Je peux compter sur vous ?

— Je ne sais pas, articula-t-il, la gorge nouée.

Lea eut une moue impatiente, mais se contint. Pas question de l'effrayer en se montrant trop pressante. Il fallait laisser l'idée faire son chemin dans sa tête.

— Bien sûr, je ne vous demande pas une réponse aujourd'hui, assura-t-elle. Mais réfléchissez à la question, vous verrez que mon projet tient la route.

— Vous avez sûrement des amis hommes qui pourraient vous aider autant que moi, remarqua-t-il, toujours aussi peu convaincu.

— Mais c'est vous que je veux comme coach, Thomas ! Au restaurant, vous m'avez littéralement bluffée avec votre improvisation ! Je suis sûre que vous êtes capable de vous tirer des situations les plus compliquées. Et vous avez tout du séducteur patenté : beau, charmant, spirituel, intelligent…

— N'en jetez plus ! coupa-t-il. Vous allez me faire rougir.

— J'en doute fort, rétorqua-t-elle en souriant. Je vois parfaitement quel genre d'homme vous êtes : décidé à profiter de votre vie de célibataire le plus longtemps possible, réfractaire à tout engagement. Je parie que vous vivez pour votre carrière et vos copains ! Vous travaillez à la Bourse, peut-être ? Je vous vois très bien en *golden boy*, scotché à votre écran d'ordinateur pour suivre l'évolution du Dow Jones.

Elle allait poursuivre, mais remarqua son air ahuri.

— Je reconnais que mon imagination est parfois un peu trop fertile, admit-elle, et que je ne devrais pas vous juger ainsi. Disons que mon ex était une vraie caricature de banquier arriviste et dragueur, et que depuis notre rupture j'ai un peu tendance à faire l'amalgame. Et le vin n'arrange rien à ma lucidité…

Elle s'interrompit avec un petit rire confus.

— Je ne vous comprends pas très bien, enchaîna Thomas. Votre ex ne pouvait pas être un coureur de jupons si vous êtes restés des années ensemble !

L'expression de Lea se renfrogna.

— Nous étions ensemble officiellement, précisa-t-elle, mais en réalité il n'a jamais voulu que nous cohabitions. Je n'avais pas le droit d'apporter ne serait-ce que ma brosse à dents dans son appartement. Quand j'ai fini par en avoir assez et lui expliquer que payer deux appartements était idiot, il a pris peur.

— Lui avez-vous dit que vous vouliez des enfants ? s'enquit Thomas. C'est le genre de question qui fait fuir les hommes en courant s'ils ne sont pas préparés à cette idée.

— Non, même pas… C'est moi qui lui ai proposé de nous séparer, et il a tout de suite accepté. J'ai appris plus tard qu'il avait une aventure avec une collègue de bureau, et que je lui rendais un fier service en initiant la rupture. En fait, il était trop lâche pour m'avouer la vérité.

— Pas très reluisant, fit observer Thomas. Quand on quitte une femme, on peut au moins le faire avec panache !

— Vous n'auriez pas agi ainsi ? demanda Lea d'un ton soupçonneux.

— Non. J'espère avoir un peu plus de respect pour autrui.

— De toute façon, tout ça, c'est du passé ! enchaîna-t-elle. J'ai tourné la page. Mais je ne comprends toujours pas comment j'ai été assez stupide pour m'accrocher si longtemps à lui.

— L'amour n'a parfois rien à voir avec l'intelligence, fit observer Thomas.

— Oh, avec le recul, je crois que nous n'étions plus amoureux depuis longtemps. On restait ensemble par habitude… Quoi qu'il en soit, il travaillait à la Bourse. Le cours des actions rythmait son humeur : il me suffisait de lire le journal pour savoir s'il serait souriant le soir. Vous comprenez pourquoi je faisais allusion au Dow Jones ? Vous ne m'en voulez pas ?

— Bien sûr que non, rétorqua Thomas.

Lea sourit et son regard vert brilla d'un éclat lumineux.

— Tant mieux ! Alors, vous acceptez d'être mon coach ?

Thomas la dévisagea avec perplexité, tout en se demandant pourquoi il ne lui avait pas encore dit non.

— Vous ne m'avez pas expliqué dans le détail ce que vous attendez de moi, dit-il.

— D'abord, cibler mes recherches pour m'éviter des déconvenues comme aujourd'hui. Et puis me donner des conseils pratiques pour m'aider à passer le cap du premier rendez-vous. Répondre à mes questions stupides, celles que je n'oserais même pas poser à ma meilleure amie ! Bref, me donner confiance en moi, m'aider à me mettre en valeur.

Sur ce dernier point, elle n'avait pas besoin qu'on l'aide, songea-t-il en son for intérieur.

— Par exemple, avec James et ses pieds envahissants, j'étais complètement perdue ! reprit-elle. Tétanisée à l'idée de ce que je devrais faire s'il essayait de m'embrasser !

— Pourquoi ne laissez-vous pas les choses arriver naturellement, au lieu de vous angoisser à l'avance ?

Lea leva les bras au ciel.

— Mais précisément parce que je ne sais pas comment elles arrivent naturellement ! s'exclama-t-elle. Pour vous, tout ça coule de source, pour moi c'est un mystère impénétrable !

Il la dévisagea avec de grands yeux ronds. Décidément, cette fille était bizarre…

— Alors, c'est oui ou c'est non ? reprit-elle en le fixant avec insistance. Donnez-moi simplement votre réponse, et je vous promets que je ne vous demanderai pas d'explication.

Devant son air résigné, il comprit qu'elle s'attendait à ce qu'il refuse. D'ailleurs, que pouvait-il faire d'autre ? S'il acceptait, elle finirait bien par apprendre le rôle qu'Anne lui avait assigné dans cette histoire, et elle ne lui pardonnerait pas d'avoir écouté ses confidences en lui cachant la vérité.

Bien sûr, il allait refuser. Avec un peu de chance, ils ne se reverraient jamais plus et le problème serait réglé.

Après une bonne douche, elle enfila en guise de chemise de nuit son T-shirt favori — le plus vieux et le plus distendu de sa collection — et se glissa dans son lit non sans avoir kidnappé Uruk, sa chatte, qui avait déjà commencé sa nuit sur le canapé du salon. Une fois sous la couette, la chatte roulée en boule à ses pieds, elle se sentit mieux. Chaque soir, le ronronnement d'Uruk était la meilleure des thérapies quand elle rentrait fatiguée du travail. Elle se détendait enfin et pouvait réfléchir à tête reposée aux événements de la journée.

Habituée à ce transfert quotidien, Uruk se rendormit aussitôt. Lea consulta son répondeur sur la table de nuit et constata qu'Anne l'avait appelée plusieurs fois. Il était trop tard pour la rappeler. Elle irait la voir le lendemain, et ne se priverait pas de lui dire ce qu'elle pensait de ses talents d'entremetteuse. Pour un coup d'essai, c'était un coup de maître : elle avait réussi à la mettre entre les mains du pire psychopathe de la ville de Londres…

Pour l'instant, mieux valait dormir pour se remettre de cette incroyable soirée. Mais les minutes passaient, et le sommeil tardait. Lea se glissa hors du lit tout doucement pour ne pas déranger Uruk et alla à la fenêtre. La vitre était agréablement fraîche sous son front et elle resta un moment à contempler l'obscurité, songeuse. Plus elle y pensait, moins elle parvenait à croire qu'elle avait demandé à un parfait inconnu de l'aider à trouver le futur père de ses enfants…

Tout à fait dégrisée à présent, elle pensa avec horreur à l'image qu'elle avait dû donner d'elle-même : celle d'une vieille fille en puissance, prête à tout pour se marier… C'était pathétique !

Si Thomas l'avait trouvée pitoyable, il avait eu la courtoisie de ne pas le montrer. Il avait même été plutôt gentil, et l'avait écoutée avec patience. En fait, il lui avait immédiatement paru sympathique. Mais pourquoi diable ce garçon apparemment équilibré avait-il accepté son étrange proposition ?

Elle releva la tête et aperçut la lune qui apparaissait entre deux nuages.

Il était d'accord pour l'aider, et cela lui suffisait ! se dit-elle, ragaillardie, avant de regagner son lit.

Elle prit délicatement Uruk dans ses bras et l'installa sur l'oreiller à côté du sien pour entamer une séance de confidences. Bien sûr, avec Uruk il fallait faire les questions et les réponses, mais Lea n'y voyait pas d'inconvénient.

— A ton avis, je n'aurais pas dû agir ainsi ? murmura-t-elle d'un air pensif tout en caressant l'animal. Tu sais, jamais je ne me serais crue capable de demander ça à un inconnu ! Il doit me prendre pour une folle furieuse à présent, et il a probablement raison !

Le petit corps d'Uruk vibrait de plaisir sous ses doigts, sa fourrure était incroyablement douce… aussi douce que les petits cheveux d'un bébé, se dit-elle. Le bébé qu'elle aurait un jour… avec l'aide de Thomas.

— Quand on s'est fixé un but, il faut s'y tenir, déclara-t-elle tout à coup avec fermeté à la chatte qui leva une paupière, étonnée par ce changement de ton. Nous avons une mission, et nous allons tout mettre en œuvre pour la mener à bien. Ce que Thomas pense de moi n'a aucune importance ! D'ailleurs, lui-même n'a aucune importance ! Il n'est qu'un moyen pour atteindre le but que je me suis fixé.

La chatte s'étira et tourna la tête comme si elle refusait de prendre parti. Voyant que sa confidente semblait lasse de l'écouter, Lea soupira et remonta la couette jusqu'à son menton.

Si seulement Thomas n'avait pas eu les yeux aussi bleus…, songea-t-elle avant de plonger dans l'inconscience.

3.

— Non, pas de questions ! furent les premiers mots de Lea quand Anne lui ouvrit la porte.

Une journée s'était écoulée, mais son ressentiment était toujours aussi vif. Elle avait promis à Anne de passer chez elle après son travail pour lui raconter sa soirée, mais en réalité elle attendait des excuses, et surtout des explications. Où Brian et elle avaient-ils été chercher ce James de malheur ? Comment ne s'étaient-ils pas rendu compte qu'ils l'attiraient dans un véritable traquenard ? Elle n'en était toujours pas remise…

Elle remarqua soudain l'air fâché de son amie. C'était le monde à l'envers ! Si quelqu'un devait être de mauvaise humeur, c'était elle !

— Quelque chose ne va pas ? demanda-t-elle d'un air soupçonneux. Tu me fais la tête ?

— Tu oses me demander si quelque chose ne va pas alors que je me suis fait un sang d'encre toute la nuit à ton sujet ? explosa Anne. J'ai passé la soirée à t'appeler pour avoir des nouvelles, j'ai veillé jusqu'à 1 heure du matin en attendant en vain ton coup de fil, et tu t'étonnes que je te fasse la tête ?

Déconcertée par la véhémence inhabituelle de son amie, Lea ne put s'empêcher de sourire.

— Désolée, maman, je ne savais pas que je n'avais que la permission de minuit, fit-elle observer en affichant une mine contrite.

— Entre, au lieu de rester plantée sur le pas de la porte ! poursuivit Anne. Et explique-toi. Tu as passé la nuit avec lui ?

A cette seule idée, Lea eut un haut-le-cœur.

— Avec James ? Grand Dieu non, quelle horreur !

— Je ne parle pas de James, assena sèchement Anne.

Lea lui lança un regard stupéfait.

— Les nouvelles vont vite, fit-elle observer. Tu es déjà au courant ?

— Disons que je suis perspicace.

— Eh bien, si tu veux tout savoir, je n'ai pas passé la nuit avec l'autre non plus. Je ne suis pas une Marie-couche-toi-là, au cas où tu n'aurais pas remarqué. D'ailleurs, parfois, je me dis que si j'étais un peu moins farouche mes rapports avec les hommes en seraient simplifiés…

— N'essaie pas de changer de sujet. J'ai parfaitement compris qu'il s'agissait de Harry.

— Harry ?

A cet instant, Anne attrapa son fils qui filait à quatre pattes vers l'escalier, et se tourna vers Lea.

— Bien sûr ! Si à 1 heure du matin tu n'étais toujours pas rentrée, c'est que tu étais chez Harry ! Tu t'es réconciliée avec lui, c'est ça ? Après tout ce qu'il t'a fait subir ! Tu es complètement folle !

— Je ne comprends pas un traître mot de ce que tu me racontes, rétorqua Lea en ouvrant de grands yeux.

Curieusement, l'idée même de se réconcilier avec Harry lui paraissait absurde, et le simple fait de prononcer son nom ne lui faisait plus ni chaud ni froid. Elle était en bonne voie de guérison, conclut-elle avec satisfaction.

— Ne fais pas l'innocente ! reprit Anne. J'ai mes informateurs, ce n'est pas la peine de nier. Brian m'a appelée ce matin du bureau. James lui a tout raconté.

Lea se rembrunit. La situation, déjà compliquée au départ, ne faisait que s'embrouiller davantage. Mais Danny s'approchait d'elle en souriant, bringuebalant sur ses petites jambes : elle lui tendit les bras et il se précipita vers elle, réactivant immédiatement le tic-tac de son horloge biologique momentanément en sourdine. Elle ne devait pas perdre de vue son seul objectif : devenir mère, songea-t-elle, soudain calmée. Tout ça valait bien quelques sacrifices…

— Vraiment, Anne, je ne comprends pas…

— Harry s'est interposé entre toi et James hier soir, n'est-ce pas ? lança cette dernière d'un air courroucé. Il t'a fait son numéro de charme, et tu n'as rien trouvé de mieux que de finir la nuit dans son lit !

Lea ne put qu'éclater de rire, ravie de constater à quel point cette perspective lui paraissait incongrue.

— Passer la nuit avec Harry ? Tu rêves ! Rassure-toi, je n'ai pas vu Harry depuis près d'un an, et il ne me manque pas, bien au contraire !

Anne dévisagea Lea d'un regard soupçonneux et sembla conclure qu'elle ne mentait pas.

— Enfin une bonne nouvelle ! Mais où va-t-on si on ne peut même plus croire les commérages de bureau ? déplora-t-elle d'un air découragé. Je me demande bien pourquoi ils ont inventé toute cette histoire.

Lea hésitait à parler de Thomas à son amie. Elle allait certainement la prendre à son tour pour une folle…

— En tout cas, ton James, c'était une très mauvaise idée ! s'exclama-t-elle. Il n'a pas cessé de me piétiner les orteils toute la soirée !

— Les orteils ? répéta Anne, effarée.

— Oui, mais si je l'avais laissé faire il aurait volontiers attaqué mes genoux ! Curieuse pratique sexuelle, tu ne trouves pas ?

— Je suis désolée, dit Anne, navrée. Jamais je n'aurais imaginé que… Qu'est-ce qu'il t'a fait d'autre ? demanda-t-elle d'un air inquiet.

— Rien, parce que j'ai été miraculeusement tirée de ses griffes par un homme providentiel.

Elle savait qu'elle aurait dû se taire, mais c'était plus fort qu'elle : il fallait qu'elle parle de Thomas à quelqu'un.

— Il y avait un type à la table d'à côté qui avait l'air de passer une aussi mauvaise soirée que moi avec sa partenaire. Alors on a tout simplement fait un chassé-croisé, en jouant les amoureux transis qui se retrouvent, expliqua-t-elle. Et figure-toi que ça a marché comme sur des roulettes !

Anne resta bouche bée.

— Tu as osé ! s'exclama-t-elle, incrédule et admirative à la fois. Mais c'est terriblement excitant ! Pourquoi est-ce que ce genre de choses ne m'arrive jamais ?

— Tu as suffisamment d'excitation comme ça dans ta vie avec ce petit bonhomme, il me semble, fit observer Lea en caressant tendrement la joue de Danny.

Anne se rapprocha de Lea, tout émoustillée.

— Raconte ! J'espère que tu as pris son numéro ! Il est beau ? Tu vas le revoir ?

— Demain soir, annonça Lea avec calme.

— Déjà ? gloussa-t-elle. Vous allez vite en besogne ! Mais donne-moi donc quelques détails croustillants !

— J'ai peur que tu ne restes sur ta faim : il ne m'a même pas embrassée.

En la laissant devant chez elle, Thomas s'était en effet contenté de lui souhaiter bonne nuit… avec le sourire dévastateur du séducteur qu'il était.

— C'est peut-être pour demain soir, suggéra Anne, pleine d'espoir. Et qu'avez-vous fait après le restaurant ?

— On a été dîner ailleurs, et on a parlé.

— Jusqu'à minuit ?

— Oui.

Lea n'avait pas vu la soirée passer. Ils avaient bavardé de tout et de rien, ri et plaisanté comme s'ils s'étaient toujours connus, et elle s'était dit qu'elle vivait un moment merveilleux. Thomas était aux petits soins, comme s'il cherchait à lui démontrer en guise de première leçon que dîner avec un inconnu pouvait être un plaisir. C'était en quelque sorte le contre-exemple de James…

— Et après ? demanda Anne avec un clin d'œil complice.

Il était temps d'avouer la vérité à Anne. Si sa meilleure amie ne la comprenait pas, qui le ferait ?

— Après ? Mais rien ! En fait, ce n'est pas ce que tu crois, Anne ! Je n'ai pas l'intention de sortir avec lui. Je lui ai juste demandé de m'apprendre comment il faut faire avec les hommes.

— Quoi ?

— Tu comprends, c'est un homme à femmes qui connaît tout du jeu amoureux. Alors il va m'enseigner les meilleures méthodes, pour que je ne sois pas ridicule à mon premier rendez-vous.

— Et il a accepté ?

— Oui.

— Personne n'accepterait ce genre de choses par pure bonté d'âme ! Surtout pour rendre service à une inconnue, s'exclama Anne, de plus en plus interloquée.

— Mais il ne s'agit pas d'un service ! Je le paye, et grassement même ! Je l'ai engagé comme consultant : nous avons passé une sorte de contrat tacite.

— Un consultant, répéta Anne d'une voix atone. Je vois…

A l'évidence, elle ne voyait rien du tout, se dit Lea, découragée.

— Et pourquoi pas ? Il a le savoir-faire qui me manque, et il va m'en faire bénéficier. Où est le mal ?

— Oh, il n'y a aucun mal là-dedans ! protesta Anne. Mais je te trouve bien naïve ! Il a sûrement des vues sur toi, et il a sauté sur cette occasion que tu lui offres sur un plateau d'argent. Je dois dire que, comme stratégie, c'est plutôt subtil…

Thomas Carlisle intéressé par elle ? songea Lea, désarçonnée. Elle n'avait même pas envisagé cette hypothèse, qu'elle repoussa aussitôt. Dès le départ, elle lui avait clairement signifié son désir de se marier et d'avoir des enfants, et c'était précisément une perspective qui le faisait fuir ! Il n'avait aucune raison de jeter son dévolu sur une femme qui cherchait avant tout un père pour ses enfants !

— Non, il n'a aucune vue sur moi, assura-t-elle d'un ton péremptoire. Ni stratégie cachée, j'en suis certaine. D'ailleurs, ce n'est pas du tout le genre d'homme que je cherche. Je veux quelqu'un prêt à s'engager.

— Mais aucun homme n'est prêt à s'engager a priori, Lea ! Le but du jeu, c'est justement de les apprivoiser et de leur faire comprendre avec subtilité que le mariage n'est pas une prison ! Car c'est évidemment ce qu'ils pensent au départ…

— Qu'est-ce que tu dis, chérie ? s'exclama Brian en enlaçant sa femme.

Anne sursauta et se retourna, stupéfaite. Elle ne l'avait pas entendu arriver.

— Brian ! Tu n'étais pas censé entendre ce que je viens de dire ! s'écria-t-elle en lui déposant un baiser sur la joue.

— Tu m'as apprivoisé, c'est ça ? rétorqua-t-il, amusé, en la serrant contre lui.

Anne lui sourit tendrement.

— Un petit peu, murmura-t-elle. Un tout petit peu…

Lea tourna discrètement la tête pendant qu'ils s'embrassaient. Toujours amoureux après toutes ces années ensemble,

songea-t-elle, émue. Ça pouvait donc arriver ? Oui, aux autres…
Malheureusement, elle n'avait plus le temps d'attendre l'impro-
bable coup de foudre.

Brian grignota un biscuit et prit son fils dans ses bras.

— Vous savez, les filles, on vous fait juste croire qu'on se laisse
apprivoiser pour que vous nous laissiez tranquilles, déclara-t-il,
goguenard. La réalité est tout autre… Dis donc, Lea, je sais tout
de ta soirée avec James. Elle s'est terminée par un rabibochage
avec Harry, d'après ce que j'ai cru comprendre !

— Mais non ! protesta Lea, agacée.

Elle n'avait aucune envie de raconter de nouveau son histoire,
mais il faudrait bien en passer par là.

— James m'a pourtant affirmé que tu étais partie avec ton
ex ! insista Brian.

— Il ne s'agissait pas de Harry ! protesta Lea.

— Evidemment, Brian ! intervint Anne. Comment imaginer
une seconde que Lea pourrait retomber dans les bras de cet
abruti ?

Lea jeta un coup d'œil étonné à son amie.

— C'est ce que tu croyais il y a seulement quelques minutes,
fit-elle observer avec stupéfaction.

— Je ne l'ai jamais vraiment pensé, assura Anne avec une
parfaite mauvaise foi. Je sais bien que tu n'es pas assez incon-
séquente pour ça !

— Je ne rentrerai pas dans cette discussion, intervint Brian,
prudent. J'aimerais juste savoir pour qui tu as laissé tomber James,
puisqu'il paraît qu'un beau brun t'a littéralement kidnappée avec
force baisers et mots tendres…

Lea faillit s'étrangler et voulut protester, mais Anne lui coupa
la parole.

— Des baisers, des mots tendres ? Mais tu ne m'avais pas
raconté ça, Lea ! s'exclama-t-elle, les yeux brillant d'excitation.

Pourquoi est-ce que tu ne me gratifies jamais de ce genre de numéro quand nous dînons au restaurant, Brian ?

— Désolée de te décevoir, mais il ne m'a pas embrassée, précisa Lea. Pour tout vous dire, ça fait si longtemps qu'un homme ne m'a pas embrassée que je ne sais même plus quel effet ça fait… En tout cas, c'est fou ce que vous cancanez au travail, Brian ! Et on prétend que ce sont les femmes qui sont mauvaises langues… Qu'avez-vous dit d'autre sur mon aventure, tes collègues et toi ?

— Voyons voir…, commença Brian tout en donnant un biscuit à Danny. Ah oui ! Que vous ne cessiez d'échanger des caresses, que ce mystérieux brun te serrait dans ses bras à t'étouffer, que vous êtes restés de longues minutes enlacés dans la voiture avant de démarrer, que…

Anne, muette, gardait les yeux fixés sur son amie, sans paraître remarquer qu'elle était au bord de l'apoplexie.

— Mais c'est un tissu de mensonges ! s'écria enfin Lea. Nous n'avons rien fait de tout ça !

— Tu es vraiment sûre ? insista Brian, soupçonneux. Parce que James m'a raconté que ce type… comment s'appelle-t-il d'ailleurs ?

— Thomas.

Anne, qui venait de boire une gorgée de thé, faillit s'étrangler. Elle suffoqua et se mit à tousser.

— Thomas ? répéta Brian en fixant sa femme d'un air étonné. Alors c'est Thomas qui…

Anne ne le laissa pas poursuivre. Avec un regard noir, elle lui donna un brusque coup de coude qui l'interrompit aussitôt.

— Arrête de harceler Lea de tes questions ! ordonna-t-elle entre deux quintes de toux. Tu ne vois pas qu'elle préfère qu'on change de sujet ?

— Mais je…, commença-t-il, déconcerté.

51

— Brian ! Arrête, je t'en prie ! Nous avons assez importuné Lea avec notre curiosité malsaine !

Brian eut une moue dépitée et leva les yeux au ciel en une mimique qui en disait long sur ce qu'il pensait de la bizarrerie féminine. Anne, elle, dévisageait Lea d'un air figé.

— Coucou ! dit soudain cette dernière en agitant la main devant son amie. Tu rêves ou tu fantasmes sur ma vie sentimentale ?

— Non, non, je ne me permettrais pas ! assura Anne. Mais, entre toi et moi, est-il vrai qu'il ne s'est rien passé dans la voiture avec ce Thomas ? Pas même un petit baiser ?

Lea prit un autre biscuit au chocolat.

— Je t'assure ! s'écria-t-elle. S'il m'avait embrassée, je m'en souviendrais, je peux te le garantir !

Thomas… ses yeux d'un incroyable bleu, son sourire plein de charme… Oui, elle s'en serait souvenue !

— Il te plaît, n'est-ce pas ? demanda Anne en guettant la réaction de son amie.

— Je te mentirais en disant que je ne le trouve pas séduisant, admit Lea. Mais ne commence pas à faire des plans sur la comète ! Je ne cherche pas du tout ce genre d'homme, et je le lui ai dit. D'ailleurs, il n'est pas intéressé par moi non plus.

Anne attrapa son fils qui émiettait un biscuit sous la table et le plaça d'autorité dans les bras de son père.

— C'est l'heure du bain, décréta-t-elle. Tu t'en charges, chéri ? Lea et moi, on a besoin d'avoir une de ces petites discussions de filles dont on a le secret. Vous, les hommes, vous êtes *persona non grata* !

Brian sourit et monta l'escalier, son fils serré contre lui. Danny, le pouce dans la bouche, avait posé la tête sur l'épaule de son père et arborait un air de profonde béatitude. Quel tableau attendrissant ! songea Lea en les regardant. Si seulement elle aussi pouvait avoir un mari et un bébé…

— N'est-il pas inutile de chasser Brian dans la mesure où tu vas tout lui raconter dès que j'aurai le dos tourné ? demanda-t-elle à Anne avec un sourire ironique.

— Je ne lui raconte pas TOUT ! protesta cette dernière. Et de toute façon, quand je le fais, il s'endort en général au moment le plus excitant de mon histoire. Revenons à nos moutons : j'espère que tu vas te remettre aux trousses de ce Thomas, ne serait-ce que pour vérifier s'il embrasse aussi bien que tu l'imagines !

— Mon but n'est pas de trouver un homme qui embrasse bien ! rétorqua Lea. Je vais revoir Thomas, oui, mais pour qu'il m'aide à trouver un mari ! C'est simple, non ?

— Tu es bien pressée tout à coup ! s'étonna Anne. Un mari, tu peux le trouver toute seule !

— Mon problème, c'est ça, coupa Lea en désignant le biberon de Danny qui était resté sur la table.

— Ce biberon ? Tu es vraiment en train de devenir folle ! s'exclama Anne en jetant à son amie un regard plein d'appréhension.

— Il ne s'agit pas de biberon, mais de bébé ! explosa Lea. Je veux avoir des enfants !

Il y eut un silence.

— Tu en auras, reprit enfin Anne d'une voix apaisante. Chaque chose en son temps…

Exactement le genre de discours qu'elle ne supportait plus, songea Lea, exaspérée. C'était facile à Anne de parler ainsi, alors que son horloge biologique à elle ne passerait jamais en alerte rouge !

— Je vais avoir trente ans, commença-t-elle en essayant de garder son calme.

— Et alors ? Moi, je les ai eus il y a deux mois !

— Mais toi, tu as un mari et un bébé, tu t'en fiches. Moi, en revanche, j'ai un nombre d'ovules qui diminue à vitesse grand V, aussi vite que les mâles célibataires disponibles sur le marché ! Le temps presse !

Anne sembla réfléchir un moment.

— Les statistiques disent que, vu le nombre de divorces, les hommes seuls sont en augmentation. Tu as toutes tes chances ! Et puis tu as une vie de rêve : un bon métier, un salaire confortable, des tas d'amis, une parfaite indépendance ! Lea, sais-tu que je t'envie souvent ?

— Tu envies peut-être ma liberté, mais je suis sûre que pour rien au monde tu ne troquerais ma vie contre la tienne !

Anne joua un moment avec le biberon vide d'un air pensif.

— Maintenant que j'ai Danny, la question ne se pose pas. Je suis sa mère, et il dépend de moi pour les... disons vingt prochaines années ! Mais tu sais, je te le prête quand tu veux ! Il y a si longtemps que Brian et moi ne sommes pas partis en amoureux ...

Lea soupira. Anne ne comprenait pas, car elle ne pouvait pas comprendre. Elle avait trouvé l'homme de sa vie à quinze ans, avant même d'avoir commencé à chercher !

— Je garde Danny quand ça t'arrange, assura-t-elle. Je te l'ai déjà dit...

— Merci, Lea. Je suis désolée, je n'avais pas compris que l'idée de la maternité t'angoissait à ce point, reprit-elle d'une voix compatissante. J'aimerais bien pouvoir t'aider, mais je ne vois pas comment.

Lea se redressa.

— Ne sois pas désolée pour moi, Anne ! Plutôt mourir que de devenir une vieille fille aigrie qu'on prend en pitié!

— Une vieille fille aigrie ? Mais tu es folle ! Tu as vingt-neuf ans, tu es ravissante, et le monde est à toi ! s'exclama Anne, choquée.

— Le monde, je m'en fiche ! Je veux des enfants, et un père pour aller avec !

— Sois un peu plus patiente, Lea ! Les choses arrivent souvent au moment où on les attend le moins…

— Dans mon cas, elles tardent, c'est le moins qu'on puisse dire : depuis un an, ma vie sentimentale est au point mort. Voilà pourquoi j'ai décidé d'activer le mouvement…

— Soit. Mais fais attention, Lea. En cherchant trop systématiquement, tu risques de ne pas laisser faire le hasard… Il y a parfois de curieux concours de circonstances !

— Que veux-tu dire ?

— Oh, rien, rien…, susurra Anne. Mais tu n'oublieras pas de me tenir au courant de tes réunions de travail avec ton Thomas !

Thomas mit quelques secondes à reconnaître la voix d'Anne. Elle ne l'avait jamais appelé au bureau, et ils ne se voyaient que de loin en loin. Le terme frérot était d'ailleurs exagéré : son père avait épousé la mère d'Anne quelques années seulement auparavant, et ils n'avaient aucun lien de sang.

Elle ne pouvait l'appeler que pour un seul sujet, dont il n'avait aucune envie de discuter. Par sécurité, il vérifia cependant que la porte de son bureau était bien fermée avant de se rasseoir, le combiné à la main.

— Bonsoir, Anne.

— Elle est mignonne, tu ne trouves pas ? enchaîna-t-elle aussitôt d'une voix guillerette.

Thomas repoussa brusquement le clavier de son ordinateur et s'appuya des coudes sur la table, la mine sombre. Où Anne voulait-elle en venir ? Il n'aurait jamais dû se prêter à ce jeu trouble dans lequel elle l'avait entraîné. Avait-elle manigancé tout ce scénario dans l'espoir qu'il tombe amoureux de Lea ? Non, c'était impossible ! Elle lui avait simplement demandé d'observer la scène au restaurant, sans intervenir. S'il se retrouvait aujourd'hui dans cette situation absurde, c'était entièrement sa faute. Pourquoi aussi avait-il pris l'initiative d'interrompre le tête-à-tête de James et Lea ? Il n'avait qu'à prévenir Anne sur son portable que le dîner tournait mal, comme ils en étaient convenus.

— Désolé, Anne, mais entre nous ça n'a pas fait tilt, assura-t-il d'une voix détachée.

— J'aurais aimé être là pour assister à ton numéro, reprit-elle. Tu as des vrais talents de comédien, il paraît !

Il sourit en se remémorant la scène. L'air effaré de Lea quand il s'était avancé vers elle, sa seconde d'hésitation avant qu'elle ne décide de jouer à son tour la comédie, la façon si naturelle qu'elle avait eue de se précipiter dans ses bras et de poser la tête contre son épaule… et son parfum si féminin qui l'avait aussitôt étourdi, bouleversant tous ses sens. Il l'avait respiré en rêve toute la nuit…

Il se redressa et chassa ces souvenirs délicieux de son esprit. Il en avait presque oublié qu'il était en ligne avec Anne…

— La situation devenait ingérable, expliqua-t-il, et j'ai paré au plus pressé. Entre nous, je me demande bien ce qui t'a pris de mettre un agneau comme Lea dans les pattes de ce James !

— Lea, un agneau ? s'exclama Anne.

— Tu sais très bien qu'elle n'est pas armée pour se défendre face à un excité du genre de James ! Elle ne sait rien de ces jeux-là, et elle était incapable de trouver une porte de sortie ! Les choses auraient pu mal finir !

— C'est précisément parce que j'étais inquiète que je t'ai demandé de la surveiller ! rappela-t-elle, vexée.

— OK. J'ai joué mon rôle, à toi de jouer le tien : trouve-lui l'homme idéal.

— C'est fait, il me semble ! s'exclama-t-elle dans un éclat de rire.

Thomas tapota nerveusement sur son bureau. Que voulait-elle insinuer ? Que Lea lui avait-elle donc raconté au juste ? Anne était-elle au courant de leur étrange contrat ?

— Trouve-lui quelqu'un d'autre que ce fétichiste du pied, reprit-il comme s'il n'avait pas entendu. Ou conseille à Lea de porter de bonnes chaussures…

— Tu es bien placé pour me critiquer ! rétorqua-t-elle. Tu as abandonné Beth comme une vieille chaussette, il me semble !

Elle touchait un point sensible. Peu habitué à se conduire ainsi avec les femmes, il avait la ferme intention de rappeler Beth pour s'excuser de son comportement. Même s'il était persuadé qu'elle ne se souvenait même plus de son prénom.

— Beth est une croqueuse d'hommes, Anne ! Elle n'a peur de rien et peut se sortir de n'importe quelle situation quand il s'agit de jouer de son charme. Rien à voir avec Lea !

— Tu parles de Lea comme si tu la connaissais depuis des années, fit remarquer Anne. Tu as presque un ton protecteur !

L'air perdu de Lea auprès de James l'avait en effet attendri, se rappela Thomas. Il avait décelé dans ses beaux yeux verts un mélange de confusion et d'indécision qui lui était allé droit au cœur. A tel point que, à partir de ce moment-là, il avait été incapable de prétendre même s'intéresser à la conversation insipide de Beth. Il n'avait dès lors cessé d'observer la jeune femme et leurs regards s'étaient de nouveau croisés. Quand il avait lu dans celui de Lea un éclat ironique qui en disait long sur son recul par rapport à la situation, son intérêt pour elle s'était définitivement éveillé.

Aussi était-il tombé de haut quand elle lui avait annoncé qu'elle était à la recherche du mari et du père idéal. Cette nouvelle avait eu sur lui l'effet d'une douche froide, se rappela-t-il en griffonnant d'un air absent sur le carnet posé devant lui.

— Elle avait besoin d'aide hier soir, expliqua-t-il enfin d'une voix lointaine.

— Je ne t'imaginais pas en preux chevalier, enchaîna Anne. Lea a été impressionnée. Très impressionnée. J'ai cru comprendre que vous alliez vous revoir demain ?

Lea n'avait donc pas renoncé à son projet, en conclut-il. Il était surpris qu'elle veuille encore le voir, car Anne lui avait certainement expliqué le rôle qu'il avait joué dans toute cette histoire.

— Comment a réagi Lea quand tu lui as raconté que tu m'avais chargé de la surveiller ? demanda-t-il.

— Je ne lui ai rien dit. Elle m'a parlé d'un Thomas qui l'avait tirée d'affaire, et je suis restée muette. Elle détesterait savoir que je l'ai fait suivre.

— Tu ne lui as pas dit la vérité ?

— Pourquoi l'aurais-je fait ?

— Par honnêteté, tout simplement. Plus tu attends pour lui avouer que tu m'avais envoyé en observateur, plus elle sera mécontente !

Pourquoi diable avait-il accepté de rendre service à Anne ? songea-t-il, exaspéré. Il se retrouvait dans un beau pétrin !

Le problème semblait en effet inextricable : d'une part, Lea ignorait ses liens avec Anne, d'autre part, Anne n'était apparemment pas au courant de la mission dont l'avait chargé Lea. Et il ne pouvait dire la vérité ni à l'une ni à l'autre, sous peine de trahir leur confiance. C'était la quadrature du cercle…

— Comment as-tu fait pour m'entraîner dans cette galère ? murmura-t-il enfin d'un ton découragé.

— Je t'ai fait rencontrer une jeune femme charmante et libre de tout engagement, et tu appelles ça une galère ? s'exclama Anne avec une ironie qui acheva d'exaspérer Thomas. Je ne te comprends pas…

L'ordinateur portable de Thomas sonna, lui rappelant qu'il était attendu à une réunion.

— Ce n'est pas toi qui nous as présentés, que je sache, corrigea-t-il en ramassant ses papiers.

— Indirectement, si. Un jour ou l'autre, tu me remercieras à genoux, je te le parie ! insista-t-elle, ravie de le provoquer.

Il se leva, de plus en plus agacé.

— Désolé, Anne, mais il faut que je te quitte, déclara-t-il d'un ton abrupt. J'ai une réunion. Je compte sur toi pour raconter à Lea que nous nous connaissons, et que tu m'avais chargé de la surveiller hier soir.

— Pourquoi ne lui as-tu pas raconté toi-même ?

En effet, il aurait dû… Mais il était trop tard à présent.

— Parce qu'elle est ton amie, et que tu m'aurais étripé si j'avais vendu la mèche. Elle le prendra moins mal si c'est toi qui le lui expliques.

— Je ne le ferai pas, décréta Anne, péremptoire. Elle aura l'impression que je l'ai prise pour une idiote.

— Elle l'apprendra tôt ou tard, Anne, et ce sera bien pire, tu le sais bien. D'ailleurs, ne sommes-nous pas invités tous les deux chez toi dans un mois pour l'anniversaire de Danny ?

— Si, mais où est le problème ? Nous jouerons tous la surprise en nous apercevant que Lea connaît déjà mon demi-frère, c'est tout ! Et nous ne ferons pas mention de mon rôle dans votre première rencontre. Ce sera notre petit secret…

Thomas jeta un coup d'œil à sa montre et pesta intérieurement.

— Anne, si j'ai compris une chose dans l'existence, c'est que les petits secrets se transforment souvent en gros problèmes… On reparlera de tout ça, il faut que je me sauve.

— Embrasse Lea pour moi !

Leur conversation s'arrêta là, car Thomas, furieux, raccrocha violemment le téléphone sans ajouter un mot.

4.

Lea délaissa l'écran de son ordinateur et se reprocha pour la millième fois de la journée de ne pas avoir demandé son numéro de téléphone à Thomas. Impossible de se concentrer sur les chiffres et les statistiques, elle ne pensait qu'à lui depuis le matin !

Elle avait essayé tous les annuaires, consulté Internet, aucun Thomas Carlisle n'apparaissait. A croire qu'il n'existait pas !

Dans ces conditions, comment annuler leur rendez-vous fixé pour ce soir ? Si elle n'arrivait pas à le joindre, il se présenterait comme prévu chez elle, puisqu'elle lui avait donné son adresse. Que lui dirait-elle ? Qu'elle s'était trompée, qu'elle n'avait pas besoin de lui et qu'il pouvait repartir ? Elle ne comprenait toujours pas comment elle avait pu avoir l'idée absurde de recruter un inconnu pour l'aider à trouver l'homme de sa vie…

Pourtant, il faudrait bien l'affronter. Son seul espoir était qu'il ait lui-même changé d'avis et qu'il ne vienne pas, mais il semblait si bien élevé que ce scénario paraissait peu plausible.

Elle se redressa brusquement, résolue à se remettre au travail. Il était déjà 14 heures et elle n'avait pratiquement rien fait depuis le matin ! Elle cliqua sur la souris et l'écran de veille disparut, remplacé par des tableaux qui alignaient d'interminables colonnes de chiffres. Des chiffres, encore et toujours des chiffres ! Peut-être parviendraient-ils à la ramener à la réalité et à chasser enfin de ses pensées les yeux bleu indigo de Thomas Carlisle…

Quel sale temps ! songea-t-il en démarrant. Officiellement, on était en été, alors où était passé le soleil ? Déjà en vacances, probablement…

Il jeta un coup d'œil à son tableau de bord et accéléra : il était censé être chez Lea dans dix minutes, et il détestait être en retard. Il avait bien failli l'appeler pour annuler leur rendez-vous, mais s'était ravisé. Même si sa proposition était insensée, Lea lui avait fait confiance en lui racontant sa vie et en lui demandant son aide. La moindre des choses était de lui expliquer de vive voix qu'il n'était pas assez fou pour accepter son étrange marché.

D'ailleurs, peut-être avait-elle elle-même changé d'avis… Le soir de leur rencontre, dans le feu de l'action et après quelques verres de trop, elle s'était probablement laissé entraîner plus loin qu'elle ne l'aurait voulu. L'absurdité de son projet lui était certainement apparue dès le lendemain matin. Elle allait lui avouer qu'elle regrettait son attitude et qu'elle n'avait pas besoin de lui.

Il s'arrêta à un feu rouge et sourit dans le vide. En fait, ce rendez-vous l'amusait plus qu'il ne voulait bien l'admettre et la perspective de revoir Lea le réjouissait. Quelle fille étonnante, pleine de charme et d'originalité ! Dommage qu'elle soit obsédée à ce point par la maternité et le mariage…

Quand elle lui ouvrit la porte, il la reconnut à peine. Un jean délavé et un T-shirt noir avaient remplacé sa robe glamour, lui donnant l'air d'une adolescente à la beauté fraîche et naturelle. Surtout, elle semblait mal à l'aise, presque intimidée, en tout cas infiniment vulnérable.

Au restaurant, les circonstances les avaient littéralement poussés dans les bras l'un de l'autre, créant entre eux une intimité factice. Cette fois, ils étaient comme deux étrangers à leur première prise de contact.

C'était extrêmement décevant…, songea Thomas, perplexe.

Lea s'effaça pour le laisser entrer et referma la porte derrière eux.

— Je suis désolée, commença-t-elle avec un sourire gêné. Je crois que j'avais un peu trop bu l'autre soir. Quand je me suis réveillée le lendemain matin, j'ai eu du mal à croire que je vous avais raconté tout ça.

Elle chercha son regard puis baissa les yeux, confuse.

— Pour tout vous dire, je n'ai jamais eu aussi honte de ma vie…, ajouta-t-elle en rougissant.

Thomas haussa les épaules en lui rendant son sourire. Puis il passa la main dans ses cheveux trempés et une goutte de pluie glissa sur son nez.

— Si ça peut vous consoler, j'ai été aussi surpris que vous par mon comportement au restaurant, déclara-t-il avec bonne humeur. C'est la première fois de toute mon existence que je me lance dans ce genre de numéro !

Elle leva la tête vers lui et il lut dans son regard vert émeraude une connivence qui lui alla droit au cœur.

— C'était vraiment une drôle de soirée, enchaîna-t-elle, plus détendue.

Elle le dévisagea de la tête aux pieds et sembla tout à coup remarquer qu'il était trempé jusqu'aux os.

— Il pleut à ce point ? s'exclama-t-elle. Si j'ai un conseil à vous donner, c'est de demander un parapluie pour votre prochain anniversaire, lança-t-elle d'une voix qui avait retrouvé toute sa vivacité. C'est le genre d'objet qui peut servir à Londres, vous savez !

— En fait, j'en ai une bonne douzaine qui s'entasse chez moi. Ma mère refuse de s'avouer vaincue et continue à m'en offrir. Elle est persuadée qu'elle dénichera un jour un modèle que j'utiliserai et qui ne finira pas dans ma voiture à prendre les toiles d'araignée. J'en ai des grands, des petits, des rétractables…

— Et aucun ne vous convient ?

— Je crois que j'ai tout simplement une aversion pour les parapluies, expliqua Thomas, résigné. Il y a des choses dans la vie contre lesquelles il est inutile de lutter, vous ne pensez pas ?

Une étincelle moqueuse illumina le regard de Lea. Enfin il retrouvait la pétulante jeune femme qui l'avait charmé par son humour au restaurant ! songea-t-il, ravi.

— C'est vrai qu'être trempé et transi de froid, c'est génial, rétorqua-t-elle d'un ton mutin.

— Je parie que vous connaissez ma mère, fit remarquer Thomas d'un air renfrogné. Voilà exactement le genre de réflexion dont elle a le secret !

— En tout cas, vous pourriez au moins porter un imperméable ! Regardez dans quel état est votre veste !

Elle posa la main sur son épaule humide et Thomas eut l'impression de sentir la chaleur de sa paume. Même s'il savait parfaitement que c'était impossible…

— Donnez-la-moi, je vais la suspendre pour qu'elle sèche pendant que nous mangeons, dit Lea. Je vous préviens, le dîner est archisimple. Vous voulez un thé ou un café pour vous réchauffer en attendant ?

Thomas baissa les yeux, surpris par une ombre qui se déplaçait à travers la pièce. C'était un chat, un gros chat noir qui vint se frotter contre ses mollets. Il se pencha pour le caresser.

— Peut-être préférez-vous une bouillotte, une couverture ? ajouta Lea. Quoique, avec Uruk, c'est inutile. Elle fait les deux à la fois.

— Uruk ?

— Oui, ma chatte. Elle me tient lieu de chauffage d'appoint en demi-saison, c'est très pratique, expliqua Lea, pragmatique. Alors, thé ou café ?

— Un café, volontiers, dit Thomas.

Il se baissa pour prendre Uruk, qui continuait à se frotter contre ses jambes. Dès qu'elle fut dans ses bras, la chatte se mit à ronronner, et Thomas fit le tour de la pièce pendant que Lea préparait le café.

L'appartement était petit, mais chaleureux et agréable. On sentait la femme d'intérieur à plusieurs détails, comme les coussins moelleux sur le canapé, le bouquet de marguerites sur la table basse, les bougies dispersées çà et là dans un charmant désordre. Elle serait certainement une mère parfaite, se dit-il, amusé. Du genre à faire des gâteaux à ses enfants, à leur raconter des histoires avant de les coucher et à leur donner des tas de petits noms ridicules…

Il allait entrer dans la cuisine pour lui proposer son aide quand il aperçut un drôle d'objet. Une sorte de morceau de rocher marron sur lequel étaient accrochées des cuillères en bois.

Lea surprit son regard.

— Ah, vous aimez ! s'écria-t-elle. C'est l'œuvre d'un artiste local ! Un type plein de talent, non ?

Thomas fit la moue. Comment pouvait-on mettre une telle horreur chez soi ?

— C'est… original, murmura-t-il avec diplomatie.

Lea eut un sourire extatique.

— Je sais. C'était une folie, mais j'ai eu le coup de foudre. Cette sculpture s'appelle « Distance ». Et vous avez vu celle-là ?

Elle pointa du doigt un autre amas informe, couleur béton, posé sur la table basse.

— Vous savez comment elle s'appelle, celle-là ? demanda-t-elle fièrement.

Il l'aurait volontiers nommée « Imposture » ou « Horreur absolue », mais il jugea préférable de rester discret.

— Non, dit-il, les lèvres pincées.

— « Eclair », annonça-t-elle en guettant sa réaction.

Il fit un effort surhumain pour paraître intéressé, mais sans résultat.

ou peut-être au bleu incroyable de ses yeux. Elle était tombée bien bas si un simple sourire masculin la mettait dans un tel état ! Il était vraiment temps qu'elle revienne dans le circuit…

— Dites donc, vous avez des insomnies productives, vous ! s'exclama Thomas en tournant les pages du bloc.

— J'ai juste jeté sur le papier ce qui me passait par la tête, et je vous le livre tel quel.

Un instant, elle hésita à reprendre le bloc. Pourquoi faire part à Thomas de réflexions aussi personnelles ? Mais ses scrupules ne durèrent pas : elle pouvait tout lui dire, car il lui était totalement étranger. Pour que son aide soit vraiment efficace, il ne devait rien ignorer d'elle. Pas même ses pensées les plus intimes.

— Un vrai roman, fit-il observer.

— Vous avez remarqué comme à 3 heures du matin, quand on ne dort pas, le moindre problème vous paraît insoluble ? lança Lea. Heureusement, au réveil, on arrive à remettre les choses en perspective. Tout ça pour vous dire que, dans ce que j'ai écrit, il y a à prendre et à laisser. Si vous arrivez à comprendre mon écriture, bien sûr !

— Elle est plutôt illisible : vous auriez pu être médecin, constata Thomas.

— Je sais, j'écris horriblement mal ! Mais revenons-en à mon projet et commençons par le commencement : avant tout, il faut établir une stratégie pour que je rencontre des hommes.

Allait-il rire ou, pire, la dévisager avec un mépris condescendant ? se demanda-t-elle avec angoisse. Mais non, il ne fit rien de tout ça. Il se contenta de la regarder calmement.

— Vous avez des suggestions ? reprit-elle d'un ton ferme.

Il sembla réfléchir.

— D'abord, il faudrait que je comprenne quel genre d'hommes vous attire, dit-il enfin.

Il se pencha en avant et, les coudes sur la petite table, lui lança un regard pénétrant qui la déstabilisa profondément.

— Je n'en sais rien moi-même, balbutia-t-elle, déconte-nancée.

— Depuis que vous avez rompu avec Harry, il y a sûrement des hommes qui vous ont tourné autour, insista-t-il. Pourquoi ne leur avez-vous pas donné leur chance ?

Elle ne s'était jamais posé cette question pourtant si simple…

— Je ne me sentais pas prête, répondit-elle après réflexion. J'avais…

— Peur.

Elle se mordit la lèvre. Il avait touché son point faible.

— Je sais parfaitement ce que vous pensez, s'écria-t-elle. Vous êtes persuadé que j'ai peur de m'engager, et que je prends prétexte de mon inexpérience pour repousser les malheureux qui pourraient s'intéresser à moi !

Elle s'arrêta brusquement, choquée. Et si cette hypothèse était la bonne ? Si Thomas, en quelques minutes, avait lu en elle comme elle-même ne l'avait jamais fait auparavant ?

— Je ne suis pas Freud, fit observer Thomas, mais il y a peut-être du vrai dans ce que vous dites.

Lea passa son doigt sur le bord ébréché de sa tasse. Elle semblait perdue dans ses pensées.

— De toute façon, j'ai décidé de me lancer, déclara-t-elle d'un ton déterminé. Cette fois, je ne laisserai pas les émotions me paralyser. Car elles sont paralysantes, vous ne trouvez pas ?

— Pas forcément, répondit-il, évasif. En fait, ce que vous cher-chez aujourd'hui, c'est la sécurité, la stabilité. Je me trompe ?

— Non.

— Et dans ce but, vous avez décidé de rencontrer un certain nombre de candidats pour sélectionner le meilleur ?

— Oui, même si votre formulation n'est pas franchement romantique.

68

— Romantique ou pas, tout le monde cherche le partenaire idéal, chacun à sa façon. Vous avez au moins le mérite de poser le problème clairement.

Elle le regarda avec un sourire ravi.

— Vous ne me prenez plus pour une folle ?

Un éclat de connivence brilla dans les yeux bleus de Thomas.

— Non, assura-t-il. Je dois dire que, l'autre soir, j'étais un peu inquiet, mais ça va mieux. Parlez-moi plutôt des hommes qui vous ont sollicitée ces derniers temps. N'y en a-t-il pas un dans le lot que vous aimeriez revoir ?

— Je ne crois pas. Et de toute façon, je ne vais pas les rappeler en leur disant que j'ai changé d'avis et que je suis disponible ! J'aurais trop peur qu'ils me rient au nez !

— S'engager dans une aventure amoureuse, c'est prendre des risques, objecta Thomas. On ne gagne pas à tous les coups. Bon, oublions vos anciens soupirants... Pour en trouver de nouveaux, il va falloir vous secouer. Vous inscrire dans un club de sport, par exemple. A un cours de chinois, de russe, de javanais ! Peu importe, tant qu'il y a des mâles...

— M'inscrire à un cours ! Je n'ai pas le temps.

Thomas soupira, agacé.

— Si vous êtes pressée à ce point, je ne vois qu'une solution : vous en remettre à des professionnels des rencontres. Il y a des agences pour ça, des journaux, des petites annonces : vous avez l'embarras du choix.

Au fur et à mesure qu'il parlait, le visage de Lea se rembrunissait.

— Quelle horreur ! s'écria-t-elle enfin. Je vois ça d'ici : vos agences ne me présenteront que des cinglés du genre de James ! Très peu pour moi !

— Qu'en savez-vous, puisque vous n'avez jamais utilisé leurs services ? Vous pourriez au moins essayer !

La mine de Lea s'allongea encore, tandis que le doute s'installait dans son esprit. Devrait-elle vraiment en passer par là ? La chasse au géniteur était encore pire que ce qu'elle avait imaginé...

— Je ne me vois pas m'en remettre à une agence pour ça, avoua-t-elle dans un souffle.

Sa voix tremblait presque, et Thomas lui lança un regard inquiet.

— Etes-vous vraiment sûre de vouloir vous lancer dans cette entreprise, Lea ? demanda-t-il sans la quitter des yeux. Il est encore temps de tout arrêter...

— Oui, je suis sûre ! s'écria-t-elle d'une voix un peu forcée.

— Ah, dit-il, peu convaincu. Vous aviez l'air d'hésiter. Si c'est un bébé que vous voulez, j'imagine que vous savez qu'avec les techniques modernes vous n'avez pas besoin d'un homme pour être mère.

La gorge de Lea se serra. Un bébé éprouvette ? Pas question !

— Non, dit-elle fermement, je ne veux pas seulement un bébé. Je veux une famille, et un père pour mon enfant.

— Vous êtes trop idéaliste, Lea ! Tout le monde divorce aujourd'hui, et les enfants survivent même s'ils ne voient pas leur père, rétorqua Thomas, désabusé. De toute façon, ce n'est pas parce que vous payez un consultant que vous dénicherez le prince charmant !

— Je ne veux pas dénicher le prince charmant ! protesta-t-elle. Juste un homme qui souhaite la même chose que moi. Si je rationalise ma recherche, j'aurai plus de chance de le trouver. Il doit bien y en avoir un qui réponde à ce signalement quelque part, nom d'une pipe !

— Vous parlez en statisticienne, constata Thomas en riant. Mais si j'ai un conseil à vous donner, c'est de ne pas prononcer le mot bébé au premier rendez-vous ! Votre proie partirait en courant...

70

— Je peux quand même demander au candidat retenu s'il envisage d'avoir des enfants ! protesta Lea.

— A vos risques et périls. S'il prend tout à coup la poudre d'escampette, vous saurez pourquoi.

— Soit, admit Lea avec résignation. Je n'aborderai pas le sujet la première fois. J'attendrai un peu. Mais pas trop.

— Tout ça suppose que vous ayez déjà rencontré quelqu'un, dit Thomas d'un air soucieux. Pourquoi ne vous présenterais-je pas mes amis ?

Elle secoua la tête avec vigueur.

— Non, le jeu serait faussé dès le départ !

— Alors on en revient encore et toujours aux agences.

Lea haussa les épaules d'un air résigné.

— Puisque vous insistez…, déclara-t-elle dans un soupir. Regardons sur Internet, il y en a peut-être une près d'ici. Mon ordinateur est dans le salon.

Elle semblait si découragée que Thomas, qui s'était déjà levé, s'arrêta et lui tapota l'épaule.

— Vous verrez, ça ira, murmura-t-il d'un ton rassurant.

Elle se leva à son tour sans enthousiasme. Il fallait vraiment passer par de drôles d'épreuves pour avoir un bébé !

Ils étaient à peine installés devant l'ordinateur que Lea se tourna vers Thomas.

— Je parie que, vous aussi, vous avez eu des soirées catastrophiques avec des partenaires aussi ennuyeuses que James, dit-elle tout à coup. Vous n'avez pas quelque chose d'insolite à me raconter ?

Il lui jeta un bref coup d'œil de ses yeux outremer. Quel bleu ! pensa Lea. A se damner !

— Je préfère oublier ce genre d'épisode, dit-il. Trop traumatisant…

Son sourire démentait ses propos.

— Allez, racontez ! implora Lea en riant.

— Pas question !

Il se redressa et son bras frôla celui de la jeune femme.

— N'essayez pas de changer de sujet ! s'écria-t-il. Si vous voulez vous inscrire dans un club de rencontres, il va falloir remplir ce questionnaire !

Lea regarda l'écran et prit un air outré.

— Non mais vous avez vu la photo de ce couple enlacé ? Ils sont à moitié nus ! Qu'est-ce que c'est que ce site ?

— Un site de rencontre, c'est tout ! Rien de pornographique là-dedans, je vous jure ! Et de toute façon, pour l'instant, on ne vous demande que votre âge et quelques détails anodins ! Asseyez-vous à ma place et remplissez le questionnaire ; ça ne vous engage à rien.

« Vingt-neuf ans », inscrivit-elle dans la case requise. Pour encore quelques semaines seulement — un détail qu'elle s'abstint de mentionner. Où était la case « horloge biologique » ? Elle aurait indiqué sans hésitation que tous les clignotants étaient au rouge.

Elle continua à remplir le questionnaire et, quand elle eut fini, Thomas se pencha sur l'écran.

— Lecture, jardinage, cuisine et couture, lut-il à haute voix.

Il s'interrompit et la dévisagea d'un air navré.

— Quelque chose ne va pas ? demanda-t-elle, intriguée.

— Oui, à vous lire, on a l'impression que vous avez soixante-dix ans ! expliqua-t-il d'un ton réprobateur. Et encore, je suis gentil !

— C'est idiot ! Il y a des tas de filles de mon âge qui aiment faire la cuisine et jardiner.

— Peut-être, mais avouez que ce n'est pas très vendeur ! Vous devriez mettre : musique, danse, films romantiques, que sais-je encore ! Quelque chose d'un peu plus branché ! On vous imagine déjà en train de tricoter des mitaines, ce qui, je vous jure, ne fait fantasmer aucun homme !

— D'accord pour musique ou danse, mais pas films romantiques ! s'insurgea Lea, péremptoire. Je ne veux pas donner l'impression de quelqu'un qui rêve du grand amour. Je recherche un partenaire compatible, qui remplisse le cahier des charges que je me suis fixé. C'est simple, non ?

— Simplissime, marmonna Thomas dans sa barbe.

— Vous désapprouvez ?

— Je suis atterré par votre cynisme et votre absence totale d'illusions, expliqua-t-il froidement.

— Excusez-moi, mais vous n'avez rien d'un grand sentimental non plus, il me semble !

— Jusqu'à présent, non, mais tout peut arriver ! protesta-t-il. Et je ne planifie pas mon avenir comme vous. D'ailleurs, comme j'ai décidé de ne pas me fixer avant trente-cinq ans, j'ai le temps.

— Vous croyez en l'amour ?

Pris au dépourvu par cette question abrupte, il mit quelque temps à répondre.

— C'est un peu comme avec le Père Noël quand j'étais enfant, expliqua-t-il enfin. J'y croyais sans y croire : j'attendais d'avoir la preuve de son existence pour être convaincu. Inutile de vous dire que j'attends encore…

— Et vous me traitez de cynique ! s'étonna Lea.

— Je ne suis pas cynique, je suis logique ! Nuance.

— La finesse de votre analyse m'échappe, fit-elle remarquer. J'ai fini de remplir le questionnaire. Je continue ?

— Oui. Le site va sélectionner les candidats qui correspondent à votre demande. Je vais en profiter pour consulter les pages jaunes à la recherche d'une agence. Prévenez-moi si vous trouvez l'oiseau rare.

La main sur la souris, Lea cliqua sans enthousiasme sur l'option « découvrez l'homme de votre vie parmi nos célibataires de charme », illustrée par le portrait d'un bellâtre au sourire niais. Après quelques secondes, elle poussa un cri.

— Je vous avais bien dit que c'était un site bizarre ! s'exclama-t-elle, scandalisée. Ce type qu'on me présente comme un candidat idéal a subi une opération pour devenir une femme, mais il a changé d'avis ! Maintenant il cherche une partenaire qui l'accepte sans… certaines parties de son anatomie.

Thomas ne leva même pas le nez de son annuaire.

— Disqualifié, assena-t-il d'un ton coupant. Je vous rappelle que votre but est d'avoir un bébé.

— Exact, déclara Lea. Continuons la visite… Ah, celui-là n'est pas mal non plus dans le genre dérangé : il cherche une rousse, car il a déjà épousé une blonde, puis une brune. Là, c'est moi qui suis disqualifiée…

Thomas leva la tête et prit la souris des mains de Lea. Il ferma la fenêtre qui montrait un gros homme replet entouré d'une blonde platine et d'une brune en maillot de bain, et se mit à tapoter sur le clavier.

— Essayons un autre site, dit-il. Celui-là n'est pas adapté.

Pas adapté ? C'était l'euphémisme du siècle ! songea Lea.

Les autres sites consultés ne se révélant pas plus intéressants, ils finirent par abandonner Internet pour revenir à l'annuaire.

— Bon, assez perdu de temps, décréta Thomas. Essayons le premier numéro sur la liste.

— Vous croyez ? murmura Lea.

Il n'attendit même pas sa réponse et composa le numéro. Après quelques minutes de conversation il raccrocha, l'air satisfait.

— Vous voyez, ce n'était pas si difficile ! s'exclama-t-il. Vous avez rendez-vous dans deux semaines, ils n'avaient rien avant. C'est un commerce qui marche, on dirait ! En tout cas, ce délai va nous permettre de préparer les questions qu'on vous posera. Par exemple, sur le genre d'homme que vous cherchez.

— Quelqu'un de gentil, murmura Lea.

Thomas soupira.

— Avec ça, vous n'irez pas loin, fit-il observer. Personne ne cherche un méchant ! Soyez un peu plus précise : quel âge, quel physique, quels intérêts dans la vie ?

Elle réfléchit quelques instants.

— A peu près mon âge, précisa-t-elle. Ce sera plus simple à gérer. Quant au physique, peu m'importe, du moment qu'il a du charme. Même chose pour les intérêts… S'il est intelligent, qu'il s'adonne à la pêche ou au saxo, je m'en moque !

Thomas leva les bras au ciel d'un air désespéré.

— J'abandonne ! s'exclama-t-il. Comment voulez-vous qu'ils trouvent quelqu'un qui vous plaît si vous ne les mettez pas sur la piste ?

Lea lui jeta un regard noir.

— Vous devriez être content, au lieu de vous fâcher ! Je n'ai aucune exigence particulière, ça devrait leur faciliter la tâche !

Elle s'interrompit et se mordit la lèvre d'un geste qui trahissait sa nervosité.

— Vous viendrez au rendez-vous avec moi, n'est-ce pas ? demanda-t-elle d'une petite voix.

— Si ça vous rassure, pas de problème, assura Thomas.

— Mais j'y pense, je ne vous ai pas réglé vos honoraires ! s'exclama-t-elle tout à coup, sautant du coq à l'âne.

— Je vous ai dit que je ne voulais pas de votre argent.

— Mais moi, j'y tiens ! déclara-t-elle en rédigeant son chèque.

Elle le tendit à Thomas qui faillit avoir une attaque en découvrant la somme.

— Je ne savais pas que je valais autant ! s'exclama-t-il, éberlué.

— C'est le salaire habituel d'un consultant, expliqua-t-elle.

— J'en ferai bon usage, assura-t-il en le glissant dans sa poche.

Lea se promit mentalement de vérifier qu'il l'avait bien encaissé : il était tout à fait capable de ne pas le faire… A cet instant, une délicieuse odeur lui rappela qu'il était temps de sortir le gratin du four.

Ils mangèrent de bon appétit, discutant de choses et d'autres à bâtons rompus, jusqu'à ce que Lea revienne sur le sujet qui l'obsédait.

— Vous aimez sortir avec des filles ? demanda-t-elle tout à coup en fixant Thomas d'un regard inquisiteur.

Il posa sa fourchette et la dévisagea avec étonnement. A l'évidence, il se demandait quelle mouche la piquait.

— Quelle question ! Bien sûr, je suis un homme ! répondit-il.

— Que cherchez-vous chez une femme ?

Cette fois, il éclata de rire.

— Dites donc, Miss Freud, vous voulez que je m'allonge ? Ou vous avez l'intention de charger l'agence de me trouver une épouse bien sous tous rapports ?

— Ni l'un ni l'autre. De toute façon, vous refusez tout engagement, alors… Mais peut-être qu'un jour vous voudrez avoir des enfants.

— Peut-être, admit Thomas. Mais comme je vous l'ai dit, avant trente-cinq ans, cela me semble prématuré.

— Pourquoi trente-cinq ans ?

— Quand je me suis fait cette promesse, j'avais dix-neuf ans. C'est le divorce de mon frère, père de deux jeunes garçons à l'époque, qui m'a fait douter du mariage. Probablement aussi le divorce de mes parents quand j'avais huit ans, et le départ de mon père que j'ai peu connu. Comment voulez-vous croire au mariage quand vous constatez le nombre de divorces et les dégâts que subissent les enfants ?

— Aucune femme n'a réussi à vous faire changer d'avis ?

— Non…, répondit-il après une seconde d'hésitation.

— Vous mentez, j'en suis sûre ! s'écria Lea. Ah ! je comprends, vous étiez amoureux, mais elle voulait des enfants, et vous avez rompu ! C'est bien ça ?

Il lui jeta un regard agacé. Avait-elle un don de divination ? Il n'avait aucune envie de lui parler de sa liaison avec Sheila, de son désir de fonder une famille qui l'avait tant effrayé. Pourtant, il fallait bien répondre à sa question…

— A peu de choses près, grommela-t-il de mauvaise grâce. A l'issue de cette histoire, je suis parti un an en Chine.

Lea le gratifia d'un regard effaré.

— En Chine ? s'écria-t-elle.

— Oui, c'est ça. Le grand pays d'Asie, vous voyez ?

— Vous voulez dire que vous avez fui à l'autre bout de la planète juste parce que vous ne vouliez pas avoir d'enfants ?

— J'ai eu une proposition d'emploi, et j'ai sauté sur l'occasion. J'avais besoin de prendre du recul. Et puis j'adore les rouleaux de printemps…

Lea haussa les épaules, agacée. Il avait le chic pour faire de l'humour au plus mauvais moment !

— Vous m'avez sapé le moral, murmura-t-elle comme si elle se parlait à elle-même. Dès que je prononcerai les mots grossesse ou biberon, le prince charmant filera à Tombouctou sans prévenir, j'en suis sûre… Pourquoi les hommes sont-ils si difficiles ?

Les hommes ?

Thomas resta silencieux, mais dans son regard accusateur Lea put lire ce qu'il pensait sans aucune difficulté.

Les hommes ? Pas du tout ! Les plus difficiles, ce sont les femmes !

5.

— C'est leur chromosome Y qui les rend si fragiles, déclara Anne d'un ton docte. Tu sais, en fait, un chromosome Y, c'est un chromosome X auquel il manque une branche. Pas étonnant que ces messieurs soient parfois aussi agressifs ! Mais il faut reconnaître qu'une fois matés ils peuvent être charmants.

Elle tourna les pages du livre de recettes qu'elle était en train de consulter.

— Je crois que je vais faire un gâteau en forme de serpent pour l'anniversaire de Danny, reprit-elle. Il va adorer… Que me conseilles-tu, un glaçage au chocolat ou à la vanille ?

Lea fronça les sourcils.

— Anne, nous parlons d'hommes, pas de chiens ! s'exclama-t-elle, outrée. Je n'ai aucune envie d'épouser quelqu'un pour le dresser !

— Chocolat ou vanille ? insista Anne.

— Chocolat, bien sûr ! s'écria Lea, agacée. Puis-je te demander pourquoi tu fais ce gâteau maintenant alors que l'anniversaire de Danny est dans plusieurs semaines ?

— Figure-toi qu'un gâteau en forme de serpent, c'est une première pour moi : il vaut mieux que je m'exerce. Et ne te fais pas d'illusions, Lea, un homme, ça se dresse ! Tu comprendras ce que je veux dire quand tu ramasseras ses chaussettes sales sur le tapis chaque fois qu'il se déshabille ! On voit bien que tu n'as jamais vécu en couple au quotidien…

Elle lui lança un coup d'œil taquin.

— Si j'ai bien compris, tu es déjà en contact avec des chenils pour trouver le dogue idéal ? ajouta-t-elle d'un ton provocateur.

— Anne, je t'en prie ! La situation est assez pénible pour que tu ne te moques pas de moi en plus ! Tu devrais plutôt me soutenir ! Si tu crois que ça m'amuse d'en passer par une agence…

— Excuse-moi, enchaîna Anne d'un air contrit. Je suis avec toi, bien sûr !

La tension de Lea s'apaisa. Au-delà de son humour pas toujours très bien venu, elle savait qu'elle pouvait compter sur son amie.

— Au fond, Thomas n'avait peut-être pas tort en suggérant une banque de sperme, déclara-t-elle comme si elle pensait à voix haute.

Anne leva un œil étonné de son livre.

— Il a dit ça ?

— Ce serait la meilleure façon de court-circuiter tous ces travaux d'approche qui me fatiguent à l'avance. Le bon côté d'une éprouvette, c'est qu'on n'a pas besoin de la séduire et qu'elle ne vous invite pas au restaurant !

— En effet, acquiesça Anne, dubitative.

— Sauf que je ne veux pas seulement un bébé, mais aussi une famille, poursuivit Lea d'un ton déterminé. Tu m'imagines expliquant à mon enfant qu'il a été conçu dans une éprouvette ?

Anne émit un soupir compatissant à cette horrible perspective.

— Et Thomas ? demanda-t-elle d'un air encourageant. Tu ne m'as pas parlé de votre soirée d'hier. Il est sympa ?

— Oui, confirma Lea, évasive.

Difficile d'être plus élogieuse à l'égard de quelqu'un capable de s'enfuir jusqu'en Chine par peur de s'engager sentimentalement. En fait, Thomas était exactement le contre-exemple de l'homme qu'elle recherchait. Et pourtant, c'était lui qu'elle avait choisi pour l'aider dans sa quête ! Plutôt paradoxal…

— Sympa, répéta Anne. C'est tout ?

Son coup d'œil inquisiteur n'échappa pas à Lea.

— Oui, confirma-t-elle de mauvaise grâce. Inutile de faire des plans sur la comète ! ajouta-t-elle d'un ton menaçant. Il clame haut et fort son refus d'avoir des enfants et de s'installer : pas de danger qu'il m'intéresse !

— Mais tu l'apprécies ?

Cette question prit Lea de court. Non seulement elle l'appréciait, mais elle le trouvait incroyablement séduisant ! songea-t-elle tout à coup. Pas question cependant de l'avouer à son amie… Elle fit un effort pour garder un air détaché : Anne était une fine mouche…

— Oui, je l'apprécie.

— Sois un peu plus loquace ! Il est comment, physiquement ?

— Son sourire ferait fondre la calotte polaire ! rétorqua Lea dans un cri du cœur.

En voyant une étincelle briller dans le regard de son amie, elle regretta d'avoir parlé trop vite : elle avait éveillé ses soupçons.

— Tu veux dire que tes jambes ne te portent plus quand tu le vois ? demanda Anne, tout excitée.

Soudain, Lea ne se sentit pas le courage de nier. Elle connaissait Anne : mieux valait admettre la vérité pour qu'elle cesse de l'importuner.

— Il y a de ça…

— Mais c'est super ! s'exclama Anne avec un grand sourire. Voilà un excellent début !

— Arrête, Anne ! coupa Lea d'un ton fâché. Je viens de te dire qu'il était exactement l'antithèse de ce que je cherche !

— En apparence, peut-être, mais il te suffit de le convaincre ! Un homme célibataire n'a jamais envie d'avoir un bébé. Tu aurais dû voir la tête de Brian quand je lui ai parlé d'un enfant pour la première fois ! Apparemment, ce Thomas te plaît, en tout cas !

Comment ne lui aurait-il pas plu, avec ce mélange de virilité et de délicatesse qui n'appartenait qu'à lui ? songea Lea. Il avait de l'humour à revendre, une incroyable qualité d'écoute, et des yeux ! Ah... ces yeux !

— Je te rappelle que mon but n'est pas de trouver un homme qui a du charme, mais quelqu'un qui veut fonder une famille ! Un homme responsable, mature et stable.

— En un mot, ennuyeux, résuma Anne.

— Si être responsable signifie être ennuyeux, je me résignerai, dit Lea.

— On peut être responsable sans être un bonnet de nuit ! rétorqua Anne. Regarde Brian ! J'ai mis du temps à lui faire comprendre qu'il voulait se fixer, mais j'y suis arrivée ! Et pourtant, au début, il ne voulait pas en entendre parler !

— Tu l'as maté, c'est ça ? demanda Lea d'un ton réprobateur.

— Nous nous sommes matés mutuellement, corrigea Anne avec un sourire attendri. Et aujourd'hui, nous sommes plus heureux que jamais.

— Tu es sûre qu'il ne te trompera pas ?

— Certaine.

Quelle tranquille assurance ! songea Lea avec envie.

— Tu as de la chance. Je croyais la même chose avec Harry, et au bout de presque dix ans j'ai déchanté, expliqua-t-elle d'une voix soudain tendue.

Le sourire d'Anne s'évanouit.

— Tu veux dire que... Harry te trompait ? s'exclama-t-elle, atterrée. Lea ! Je ne m'en suis jamais doutée ! Pourquoi n'as-tu rien dit ?

— J'avais honte, car il avait même réussi un temps à me faire croire que tout était ma faute, avoua-t-elle.

— Quelle ordure ! Si je le revois, celui-là, je lui dirai ma façon de penser, tu peux en être sûre !

Lea sourit, touchée par la réaction passionnée de son amie.

— Merci, Anne, mais j'ai tourné la page et je me félicite tous les jours d'être débarrassée de cet abruti, expliqua-t-elle. Dorénavant, je concentre toute mon énergie à chasser l'homme idéal.

— L'homme idéal est parfois plus près qu'on ne le croit, susurra Anne avec un clin d'œil taquin.

L'allusion à Thomas était claire : Lea faillit prendre le livre de recettes des mains de son amie et le lui jeter à la figure.

— Arrête, Anne, ou je ne te raconterai plus rien ! s'écria-t-elle, furieuse.

Sa menace eut l'effet escompté.

— Oh, je plaisantais, lança Anne d'un air contrit. Ne prends pas la mouche comme ça ! D'ailleurs, quand le revois-tu ?

— Il a promis de m'accompagner à mon premier rendez-vous à l'agence dans deux semaines, expliqua Lea, plus sereine.

— Tu ne le revois qu'à la fin du mois ?

— Oui. Pour la bonne raison que je n'ai pas besoin de ses services avant…

— Je suis désolée de t'avoir dérangé, Thomas, bredouilla Lea en lui ouvrant la porte de son appartement. Tu n'avais pas besoin de venir. A dire vrai, je n'aurais jamais dû t'appeler.

Thomas avait déjà enlevé sa veste, qu'il jeta familièrement sur le dossier d'un fauteuil avant de s'asseoir dans le canapé, croisant ses longues jambes devant lui.

— Ne t'en fais pas, assura-t-il. Je passais dans ton coin, et ça avait l'air urgent. Mais je n'ai qu'une heure à te consacrer. J'ai rendez-vous en fin de journée chez un client. Alors, quel est le problème ?

Lea, qui s'était assise en face de lui, se tordit les mains d'un air gêné. Elle ne comprenait toujours pas comment elle avait pu l'appeler au bureau dès 9 heures du matin ! Et pourtant, sur le moment, parler à Thomas lui avait paru d'une importance capitale…

— Je suis désolée de t'avoir dérangé, murmura-t-elle. Je suis idiote…

Ils étaient passés tout naturellement du vous au tu, sans même qu'elle se souvienne qui en avait pris l'initiative.

— Arrête de dire que tu es idiote ! coupa-t-il.

— Dès que ça concerne les hommes, je suis idiote, insista Lea.

Thomas eut un soupir d'impatience.

— Cessons de tergiverser. Pourquoi avais-tu l'air si contrariée au téléphone tout à l'heure ?

Lea se mordilla la lèvre avec nervosité. Elle allait être ridicule, elle le savait…

— Parce que cette nuit, j'ai fait un horrible cauchemar.

Thomas leva un sourcil étonné.

— Tiens ? C'est incroyable, j'en ai fait un aussi ! Moi, c'était une araignée géante qui tissait un cocon autour de moi. Et toi ?

— Moi, c'était bien pire.

— Pire que ça ? Impossible !

— Si, bien pire. J'étais au téléphone, et j'appelais le candidat sélectionné pour moi par l'agence. Tu sais, le « célibataire de mes rêves » ! Et j'étais muette de terreur.

— On voit que tu ne sais pas ce que c'est que d'être dans le collimateur d'une araignée géante, soupira Thomas.

— J'étais paralysée, reprit Lea d'une voix étranglée.

— C'est toi qui étais paralysée ? s'offusqua-t-il. Et qu'est-ce que j'aurais dit, moi, si elle m'avait piqué ? Tu imagines la puissance du venin d'une araignée géante ?

— Thomas ! s'écria-t-elle, excédée. Arrête avec ton araignée ! Elle ne t'a pas piqué, que je sache !

Il sembla ébranlé par cet argument sans appel.

— OK, je t'écoute, dit-il, assagi.

— Comme l'agence me l'avait conseillé, j'étais censée appeler pour suggérer un restaurant à mon cavalier. Mais je ne pouvais pas prononcer une parole !

— Mais enfin, Lea, ce n'est pas si compliqué d'appeler un inconnu ! protesta Thomas.

— Si, c'est horrible ! Thomas, il faut absolument que je m'exerce ! Tu veux bien qu'on fasse une répétition ? Comme dans un jeu de rôles.

— Répéter ? Je n'ai jamais fait ça !

— Voyons, c'est très facile ! Tu n'as qu'à imaginer que tu as envie de sortir avec moi et tester mes réactions. Quand je dis ou fais quelque chose d'inapproprié, tu m'arrêtes immédiatement et tu suggères le comportement adapté. Tu fais ce que j'attends de toi : me conseiller.

Il y eut un silence.

— Très bien, acquiesça-t-il sans enthousiasme. Je ferai de mon mieux.

— Merci ! s'écria Lea, rayonnante. On commence demain ?

— D'accord. Où veux-tu aller ?

— Je ne sais pas, moi !

— Il y a des millions de possibilités, fit observer Thomas. Tu dois en sélectionner une.

Le sourire de Lea s'évanouit soudain.

— Justement ! La seule idée de faire un choix me panique, avoua-t-elle. Quel est l'endroit le plus favorable ?

— Tu peux aller au cinéma, dans un parc, au zoo ! Tout dépend de la personne que tu as en face de toi.

— Justement : le problème est que je n'en sais rien, dit Lea d'un ton grave.

Thomas réfléchit un instant.

— Pour que cette répétition te soit utile, il faut jouer le jeu à fond. Choisis un endroit dont tu crois qu'il me plaira, à moi, Thomas Carlisle, décréta-t-il.

Lea lui jeta un regard déconcerté.

— Je ne sais pas grand-chose de toi, constata-t-elle.

— Tu exagères ! Tu connais en tout cas beaucoup plus de choses à mon sujet que ce que l'agence te dira jamais sur ses candidats !

— Oh, ne me parle pas de cette maudite agence, par pitié !

— Justement ! Plus vite tu auras trouvé quelqu'un, moins tu auras affaire à ces marchands d'esclaves ! Raison de plus pour répéter de façon sérieuse.

Lea soupira bruyamment.

— Bon, allons-y, dit-elle sans enthousiasme. Je sais au moins une chose à ton propos, c'est que l'art moderne et toi, ça fait deux. Donc j'élimine les galeries d'art.

— Je n'aime pas les œuvres d'art horribles, nuance, inter-vint-il.

Elle préféra faire semblant de ne pas avoir entendu.

— Et moi, je n'aime pas le sport : j'élimine les stades. Ce qui nous laisse encore des milliers d'endroits possibles, se lamenta-t-elle. Comment choisir ?

Thomas lui jeta un regard compatissant.

— Ne te noie pas dans un verre d'eau. Ce qui compte, c'est le message que tu veux faire passer à cet homme. Moi, en l'oc-currence.

— Le message ?

— Oui. Préfères-tu une atmosphère romantique qui donnera aussitôt le ton et lui permettra de se déclarer rapidement, ou un terrain neutre pour apprendre à le connaître, ou encore un endroit qui t'aidera à révéler ta personnalité profonde ?

Au fur et à mesure qu'il parlait, la mine de Lea s'allongeait.

— Je renonce, soupira-t-elle, anéantie. Séduire est beaucoup trop compliqué pour moi !

— C'est du simple bon sens, Lea ! Rien de compliqué là-dedans !

— Simple ? Peut-être par rapport à la neurochirurgie ou à l'astrophysique, par exemple !

Elle semblait si effondrée qu'il posa la main sur la sienne.

— Tu y arriveras, je t'assure, murmura-t-il d'un ton persuasif.

Ce simple geste de Thomas suffit à la calmer en lui redonnant confiance.

— Je vais proposer l'Aquarium municipal, suggéra-t-elle tout à coup, rassérénée. C'est calme, il y a des gens, mais pas trop, on peut se parler. Si le type me plaît, on peut y passer trois heures, et s'il est affreux, une demi heure suffira.

— A la bonne heure ! lança Thomas en se levant. Tu as enfin pris une décision.

Il se leva et attrapa sa veste.

— Dans une seconde je serai dans ma voiture, et j'attendrai le coup de fil de la mystérieuse inconnue.

Elle le regarda comme s'il parlait chinois.

— De qui parles-tu ? balbutia-t-elle.

— Mais de toi, bien sûr ! s'écria-t-il en riant. Je croyais qu'on faisait un jeu de rôle pour t'aider à répéter ! Tu vas m'appeler exactement comme si tu ne m'avais jamais vu.

— Tu ne crois pas que tu fais un peu trop de zèle ? lança-t-elle.

Mais il avait déjà refermé la porte derrière lui. Elle l'entendit dévaler les escaliers quatre à quatre, négligeant l'ascenseur comme à son habitude. Puis ce fut le silence…

Désarçonnée, Lea alla s'allonger sur son lit, où Uruk la rejoignit bientôt en ronronnant pour quémander des caresses. Thomas devait être dans sa voiture à présent, pensa-t-elle. Autant l'appeler tout de suite et se débarrasser de cette épreuve le plus vite possible.

Elle saisit le combiné et composa son numéro de portable.

— Bonjour, Thomas, dit-elle d'une petite voix.

— Qui est à l'appareil ?

Il l'avait forcément reconnue, mais sa voix avait le timbre distant d'un étranger, ce qui la désarçonna. Il en faisait vraiment trop !

— Je m'appelle Lea, articula-t-elle avec effort. J'ai eu vos coordonnées par l'agence de rencontres.

— Ah oui ! J'ai été prévenu. J'attendais votre coup de fil.

Il fallait enchaîner, se dit Lea. Mais que lui dire ? Prendre ainsi l'initiative lui était extrêmement pénible…

Le silence se prolongea, de plus en plus pesant. Thomas attendait, et elle comprit qu'il ne lui tendrait aucune perche.

— Seriez-vous d'accord pour que nous nous rencontrions ? lança-t-elle enfin d'une voix étranglée.

— Certainement. Je vous laisse le choix de l'endroit.

Elle ne pouvait pas s'attendre à autre chose. A présent qu'il lui avait exposé la théorie, il la soumettait aux travaux pratiques.

— Je propose l'Aquarium, déclara-t-elle brusquement avec une assurance factice. Vous êtes d'accord ?

— Je n'y suis pas allé depuis l'âge de dix ans : ça me rajeunira.

— Parfait, dit Lea, soulagée que la conversation touche à sa fin. Demain samedi, 10 heures ?

— Entendu, répondit Thomas de la même voix distante.

— Alors à demain.

Elle allait raccrocher, trop heureuse d'avoir surmonté l'épreuve si facilement, quand il revint à la charge.

— Comment vous reconnaîtrai-je ? demanda-t-il.

Elle poussa un soupir agacé.

— Thomas, ça suffit ! s'exclama-t-elle.

— Pardon ?

— Je suis sûre que tu fais du théâtre en cachette depuis des années, enchaîna-t-elle avec humeur. En tout cas, tu es bien trop doué à mon goût !

— L'agence vous a donné ma photo, peut-être ? demanda-t-il comme s'il n'avait rien entendu.

— Non.

— Alors il faut convenir d'un rendez-vous précis, conseilla-t-il.

— Je suis blonde aux yeux verts, et je me tiendrai du côté des piranhas, déclara-t-elle avec un soupir d'exaspération. J'aurai sûrement l'air perdu et apeuré. Cela vous convient ?

— OK. Moi, j'aurai une rose rouge à la main.

Lea leva les yeux au ciel.

— Mais enfin, Thomas, une rose rouge, c'est complètement ringard ! s'exclama-t-elle, incapable de jouer le jeu plus longtemps.

— Je suis désolé, rétorqua-t-il d'une voix pincée. Peut-être préféreriez-vous une rose blanche ?

Elle était à deux doigts de perdre son sang-froid et de lui raccrocher au nez.

— Soit, admit-elle d'un ton abrupt. Moi, je serai avec mes piranhas, et vous avec une rose rouge. Ça fera un contraste. A demain alors.

— A demain.

Elle sentit qu'il allait raccrocher.

— Thomas, attends un instant ! s'écria-t-elle.

Son exaspération s'était évanouie : elle comprenait soudain que, si Thomas faisait du zèle, c'était pour l'aider. Elle avait envie de lui dire combien son soutien lui était précieux et lui redonnait confiance en elle.

— Merci, déclara-t-elle simplement. Tu as été parfait.

A l'autre bout du fil, il y eut un silence.

— A ton service. Bonne soirée, Lea.

Lea posa le téléphone et s'étira sur son lit, les bras relevés au-dessus de la tête. Puis elle attira Uruk à elle et lui flatta l'encolure d'une main distraite.

Ses pensées étaient ailleurs.

Thomas porterait-il une rose rouge le lendemain ? se demandait-elle, pour une fois indifférente au ronronnement de l'animal. Et comment se passerait le rendez-vous ? Jusqu'où devraient-ils pousser les travaux pratiques pour qu'elle se sente prête à affronter un véritable inconnu ?

Il fit preuve d'une parfaite courtoisie tout au long de la visite, qui sembla le passionner. Il se tournait de temps à autre vers elle comme s'il voulait partager son enthousiasme, l'associer à son plaisir. Puis, devant le bassin des crocodiles, il lui prit la main qu'il ne lâcha qu'à la sortie.

— J'ai passé un très bon moment, annonça-t-il quand ils se retrouvèrent dans la rue. Je peux vous ramener chez vous ?

Elle allait répondre par l'affirmative, quand il la regarda en fronçant les sourcils pour lui rappeler les règles de sécurité élémentaires qu'elle persistait à oublier. Il était professionnel jusqu'au bout des ongles !

— Non merci, rétorqua-t-elle à la hâte. Je préfère prendre un taxi. J'ai cinq gardes du corps qui m'attendent à la maison, et trois amies accrochées à leur téléphone qui appelleront la police si je ne suis pas rentrée à l'heure prévue.

Thomas ouvrit de grands yeux.

— Excellent, dit-il avec un étonnement admiratif.

Elle prit la main qu'il lui tendait, mais ne s'était pas préparée à ce qu'il se penche en avant et l'embrasse pour lui dire au revoir. Quand il s'écarta, son cœur battait à un rythme effréné.

Tout ça pour un simple baiser sur la joue ? se dit-elle quand elle eut recouvré ses esprits. Décidément, elle n'était pas encore prête à affronter le célibataire de ses rêves ! Mais il fallait prendre congé de Thomas aussi dignement que possible.

— A bientôt, j'espère, bredouilla-t-elle avec un sourire un peu forcé.

Il recula d'un pas, un large sourire sur son visage aux traits virils.

— 18 sur 20 ! s'écria-t-il alors d'une voix de stentor.

Elle lui jeta un regard soupçonneux. Qu'avait-il encore inventé pour la tester ?

— Que voulez-vous dire ? rétorqua-t-elle, méfiante.

— Que tu as l'examen avec les félicitations du jury ! expliqua-t-il en retrouvant sa voix normale. Tu t'en es tirée haut la main, et je suis très optimiste pour l'avenir. Tu es prête à te lancer toute seule dans l'arène !

— Tu crois ? demanda-t-elle d'une petite voix.

— J'en suis sûr ! Il ne te reste plus qu'à courir à l'agence choisir le meilleur candidat.

— Oh, je suis malade rien que d'y penser ! Tu n'oublies pas que tu as promis de m'accompagner, n'est-ce pas ?

On les installa dans une salle d'attente cossue. Sur une table basse se trouvaient quelques revues, et dans un coin une petite fontaine miniature distillait son glou-glou artificiel. Probablement pour détendre les célibataires frustrés en mal de partenaire, songea Lea avec cynisme. Que venait-elle donc faire dans cette galère ?

Incapable de surmonter son appréhension grandissante, elle agrippa la main de Thomas.

— C'est encore pire que chez le dentiste, lui chuchota-t-elle à l'oreille bien qu'ils soient seuls dans la pièce.

— Du calme, Lea ! Et arrête de me labourer la main, tu me fais mal !

90

— Excuse-moi, bredouilla-t-elle, confuse. Quand je pense que je m'en remets aux services d'une agence de rencontres ! poursuivit-elle avec une mine catastrophée. C'est affreux !

— Voyons, Lea, tu n'es pas morte, que je sache !

— Pas encore, mais ça ne saurait tarder…

— Si tu continues à t'accrocher à moi comme ça, l'agence va nous prendre pour un couple aux mœurs bizarres qui cherche à former un trio ! fit-il observer avec ironie.

Elle s'écarta aussitôt, horrifiée.

— Tu crois qu'ils ont un département échangisme ? s'écria-t-elle.

Il éclata de rire.

— Mais non, je plaisantais ! Cette agence jouit d'une excellente réputation. Tiens, ajouta-t-il en lui tendant une revue, détends-toi en lisant un magazine.

Lea tourna les pages d'un œil distrait, puis reposa la revue sur la table.

— Encore des articles sur l'amour fou, les coups de foudre, les joies du sexe et autre balivernes ! Pourquoi les journalistes n'écrivent-ils pas tout simplement des guides pratiques sur la marche à suivre pour trouver un bon père pour ses enfants ?

Thomas lui jeta un regard incrédule.

— L'amour et le sexe, tu appelles ça des balivernes ? s'exclama-t-il, stupéfait. C'est pourtant la base d'un couple, il me semble !

Elle haussa les épaules, désabusée.

— Avec l'amour en prime, c'est mieux, bien sûr ! admit-elle. Mais on peut former un couple pour plein d'autres raisons. A commencer par le désir d'être parents. Surtout quand le temps presse, comme pour moi !

— Mais tu as tout ton temps ! protesta Thomas.

— Non ! Tu n'imagines pas ce que c'est que de supporter le regard condescendant des mères de famille quand tu leur avoues que, à presque trente ans, tu n'as pas d'enfant ! Elles y vont de leur sourire apitoyé, de leurs petites tapes sur l'épaule ! Je les étranglerais volontiers !

— Si j'étais toi, je n'en arriverais pas à une telle extrémité, conseilla Thomas, prudent.

— Et les parents qui te posent des questions l'air de rien ! poursuivit-elle sur le même ton découragé. Et encore, les miens ne sont pas les pires… Pourtant, je ne leur ai toujours pas dit que j'avais rompu avec Harry.

— Depuis tout ce temps ? s'exclama Thomas.

— L'occasion ne s'est pas présentée. Et puis les mois ont passé, et j'ai pensé qu'avec un peu de chance je pourrai leur annoncer bientôt mon mariage et la prochaine arrivée d'un bébé. Ils seraient si heureux d'être grands-parents ! Ils ont près de soixante-dix ans : ils m'ont eue tard, et je suis leur fille unique. Tu imagines leur impatience !

La porte s'ouvrit soudain, interrompant leur conversation.

— Lea Rhodes ? demanda un homme en costume gris, à l'air sérieux.

Un gros nœud se forma dans la gorge de Lea. C'était en effet bien pire que chez le dentiste…

— Oui, c'est moi, répondit-elle d'une voix sépulcrale.

— Anthony Fowler, déclara-t-il en lui tendant la main. Et vous êtes ? ajouta-t-il en se tournant vers Thomas.

— Thomas Carlisle. Le conseiller en séduction de Mlle Rhodes.

M. Fowler ne broncha pas. Dans sa profession, il devait en voir de toutes les couleurs, songea Lea, plus morte que vive.

— En quoi votre rôle est-il différent du mien ? demanda-t-il cependant à Thomas avec un soupçon de méfiance.

— Vous trouvez les candidats. J'aide Mlle Rhodes à les juger, assena Thomas.

Cette réponse sembla satisfaire Anthony Fowler car il les pria de le suivre d'un air engageant.

92

L'entretien fut simple et rapide, au grand soulagement de Lea. M. Fowler lui posa quelques questions et l'interrogea sur ses projets d'avenir. Puis il consulta son ordinateur et étudia longuement l'écran pendant que Thomas et Lea attendaient dans un silence respectueux. Enfin, il imprima une dizaine de pages qu'il tendit à sa cliente.

— Si vous voulez bien remplir ces quelques feuilles, suggéra-t-il.

— Maintenant ? s'écria-t-elle.

— Non, chez vous, précisa-t-il en souriant. Une fois que vous nous aurez renvoyé le dossier, nous saisirons vos réponses sur notre logiciel spécialisé, qui nous donnera la liste des candidats susceptibles de répondre à vos attentes. Nous vous enverrons leurs coordonnées, et après, ce sera à vous de jouer !

— De jouer ? s'écria Lea, effarée.

Elle pouvait penser à mille jeux beaucoup plus amusants que celui-là…, songea-t-elle avec une ironie amère. En réalité, elle avait l'impression d'aller au supplice.

— Oui, je veux dire de les contacter — si vous le souhaitez, naturellement.

— Vous ne leur transmettez pas mon numéro ?

— Non, déclara M. Fowler. Chez nous, les femmes disposent des coordonnées de nos clients hommes, et pas l'inverse. Simple mesure de sécurité… Bien entendu, si aucun candidat ne vous convient, nous lançons une nouvelle recherche. Est-ce bien clair, mademoiselle Rhodes ? demanda-t-il pour lui signifier que l'entretien touchait à sa fin.

Dans la salle d'attente, il devait à présent y avoir une autre célibataire sur la piste du partenaire idéal, en conclut Lea. A laquelle il tiendrait le même discours, et présenterait à peu de choses près les mêmes candidats.

— Très clair, dit-elle, résignée.

*
* *

— Tu vois, ce n'était pas si terrible ! lança Thomas. En tout cas, ça ne valait pas une nuit d'insomnie !

— Comment sais-tu que je n'ai pas dormi ?

Il lui effleura la joue de la main, et elle eut du mal à respirer. Etaient-ce les prémices d'une crise d'asthme ? se demandat-elle, perplexe. Jamais auparavant elle n'avait ressenti ce genre de malaise.

— A tes cernes, répondit-il.

— J'ai des cernes ? Quelle horreur ! Heureusement, j'ai quelques jours pour m'en débarrasser avant de rencontrer le prince charmant. En tout cas, je suis bien contente que ce soit fini, poursuivit-elle. Je m'attendais à pire ! Au fait, tu m'aideras à remplir les papiers ?

— Ce n'est peut-être pas une très bonne idée… Il doit y avoir des questions très personnelles, mieux vaut que tu sois seule pour y répondre, fit-il observer.

Elle eut une moue désappointée : elle n'avait aucune envie de se retrouver toute seule dans son appartement.

— Laisse-moi quand même te faire à dîner, enchaîna-t-elle. Pour te remercier de m'avoir accompagnée.

— C'était normal, il me semble… Dois-je te rappeler que tu me payes pour ce genre de services ?

— Puisque tu parles de ça, pourquoi n'as-tu pas encore encaissé mon chèque ? enchaîna Lea d'un ton soupçonneux.

— Je n'ai pas été à ma banque.

Elle ne parut pas convaincue.

— Méfie-toi, si tu ne le fais pas, je vais être obligée de t'offrir un cadeau. Une sculpture de mon artiste préféré, par exemple…, glissa-t-elle avec un sourire taquin.

— Je te promets, j'encaisse le chèque dès demain ! s'écria Thomas à la hâte. Tout sauf un de ces horribles tas de béton que tu appelles de l'art !

— Tu sais, cette enquête est beaucoup moins absurde que je le craignais ! s'exclama Lea en levant le nez de ses feuilles. J'avais tellement peur de tomber sur le charabia prétentieux dont les tests psychologiques ont le secret ! En fait, il y a beaucoup de questions plutôt directes, du genre « souhaitez-vous avoir des enfants »… Comme ça, je pourrai éliminer d'emblée les candidats qui n'en veulent pas !

— Parfait, dit Thomas en ouvrant la porte du four pour vérifier la cuisson du gratin.

A le voir ainsi avec son gant isotherme et sa cuillère en bois, Lea réalisa soudain qu'elle lui avait totalement abandonné la préparation du dîner.

— Excuse-moi, s'écria-t-elle, je t'invite à dîner et je te laisse faire tout le travail ! Tu sais cuisiner ?

— Bien sûr, je t'ai déjà dit que j'étais le célibataire parfait !

Leurs regards se croisèrent et ils échangèrent un sourire complice.

— J'avais oublié, dit Lea. Je parie que tu te fais des menus minceur pour garder la ligne du célibataire parfait. Un corps de séducteur, ça s'entretient !

— Parce que tu crois que les femmes ne m'aiment que pour mon corps ? s'écria-t-il en affichant un air offusqué. Que fais-tu de mon charme irrésistible, de ma personnalité exceptionnelle, de mon intelligence fulgurante ?

Elle sourit de nouveau, et il nota l'éclat lumineux de ses magnifiques yeux verts.

— Je crois que tu as oublié de mentionner ton ego démesuré, fit-elle observer en retenant un éclat de rire. Assieds-toi, je vais au moins mettre le couvert, pour que tu ne puisses pas dire que je n'ai rien fait !

Il s'appuya contre le mur, croisa les bras sur son torse d'athlète et l'observa aller et venir dans la petite cuisine.

— Parce que tu préfères les hommes qui n'ont pas d'ego ? demanda-t-il après un silence.

— Je cherche un homme prêt à fonder une famille, pas un séducteur en série ! répliqua-t-elle d'un ton ferme en ouvrant la porte du four. Voilà, c'est prêt !

Elle posa le plat sur la table. Thomas avait improvisé un gratin avec ce qu'il avait trouvé dans le réfrigérateur, et curieusement le tout paraissait plus qu'appétissant.

— Mmmh… ça a l'air délicieux ! s'exclama-t-elle en humant le fumet qui se dégageait du plat.

— Merci, dit Thomas.

Il sembla réfléchir un moment.

— J'ai pensé à ton problème, déclara-t-il tout à coup. C'est de la folie de te précipiter dans le mariage alors que tu n'as eu qu'un seul petit ami dans toute ton existence.

— De la folie ? répéta-t-elle en posant sa fourchette. Pourquoi donc ?

— Profite encore un peu de la vie de célibataire ! Une petite aventure sans lendemain avant de plonger dans les liens conjugaux, ça ne te dit rien ?

— Les liaisons éphémères, très peu pour moi !

— Tu peux avoir une liaison avec un homme qui te plaît, insista Thomas, mais sans les biberons, la robe de mariée et le reste.

Lea fronça les sourcils.

— Moi, ce que je veux, c'est tout à la fois, répliqua-t-elle. Je croyais que tu étais là justement pour m'aider à trouver l'oiseau rare !

— Oui, oui, je t'aiderai, assura Thomas à la hâte. Mais je persiste à penser qu'une brève aventure te ferait du bien.

« Suggestion intéressante, Tom, lui susurra sa conscience. Et, en toute honnêteté, quel homme exactement as-tu en tête pour sa "brève aventure" ? »

— Tais-toi, se dit-il à lui-même. Tais-toi… »

6.

Trois feuilles de papier.

Trois hommes : Adrian, Paul et Roger. Tout y était : leurs mensurations, leurs professions, leurs aspirations les plus intimes. Elle n'avait qu'à en sélectionner un et prendre son téléphone pour entendre le son de sa voix.

Mais, à la place, elle appela Thomas.

— Je les ai ! s'écria-t-elle, tout excitée.

— Tu m'en vois ravi, rétorqua-t-il avec un flegme amusé. Accessoirement, puis-je te demander de quoi tu parles?

— De mes célibataires, évidemment ! L'agence vient de m'envoyer leurs fiches. Trois exactement. Tu viens chez moi après le bureau, qu'on en discute ? Je te nourrirai, c'est promis !

— Dans ce cas…

— On a du pain sur la planche, poursuivit Lea : cette fois, il s'agit de faire le bon choix. Tu ne vas pas me laisser tomber si près du but, j'espère !

Il y eut un silence, et une angoisse soudaine s'empara de Lea. Si Thomas n'était pas à ses côtés, elle arrêtait tout ! Sans lui, elle ne serait jamais allée jusque-là. Outre ses conseils avisés, les liens de confiance et d'amitié qui s'étaient développés entre eux la rendaient plus forte pour affronter l'épreuve.

— Bien sûr que non ! protesta-t-il enfin à son grand soulagement. Je prends mon livre de recettes, mes casseroles ?

97

— Non, je m'occupe du dîner, assura-t-elle. Ou plutôt de le commander : des pizzas livrées à domicile, ça te va ?

— Parfait. Je serai chez toi à 8 heures.

— Alors, lança-t-elle, à ton avis, je commence par qui ?

— A toi de choisir, Lea ! protesta-t-il.

— Tu as bien une idée !

— Oui, mais je ne veux pas t'influencer .

Après quelques minutes de discussion, ils convinrent d'écrire chacun leur choix sur un bout de papier et de confronter ensuite leurs résultats. Par chance, ils avaient tous deux sélectionné le même candidat, un certain Paul. Lea réétudia sa fiche avec attention quelques instants.

— Je vais l'appeler tout de suite, déclara-t-elle en prenant une profonde inspiration comme si elle allait se jeter à l'eau. Autant me débarrasser de cette corvée le plus vite possible.

— Tu as raison, approuva Thomas en se levant. Je vais dans la cuisine, le temps que tu lui parles.

Elle lui agrippa le bras pour l'empêcher de quitter le salon.

— Pas question ! s'écria-t-elle d'un ton suppliant. Sans toi, je n'y arriverai pas !

— Mais enfin, Lea, ta conversation avec ce type ne me regarde pas ! Tu es une grande fille, que diable !

Avec son regard éperdu, elle avait l'air si fragile qu'il regretta aussitôt ses paroles. Elle avait besoin d'aide.

— Je t'en prie, Thomas, je ne te demande pas d'écouter, je veux juste que tu restes à côté de moi, ça me rassurera ! implora-t-elle.

Il n'eut pas le cœur de lui dire non et prit place sur le canapé. Avec une détermination qui força son admiration, elle composa le numéro. Elle était blême, sa main se crispait sur l'appareil, mais elle se tira de l'épreuve avec brio. Elle réussit à parler avec aisance, échangea même quelques amabilités avec son interlocuteur, et accepta le rendez-vous qu'il lui fixait.

— D'accord pour vendredi, 18 heures, conclut-elle d'une voix qui sonnait presque gaiement. Je connais l'endroit.

Dès qu'elle eut raccroché, elle se tourna vers Thomas.

— J'ai survécu ! s'exclama-t-elle en sautant de joie. Et il a presque l'air normal ! Au téléphone en tout cas... Il m'a donné rendez-vous dans un restaurant près de l'agence : comme ça, nous serons en terrain neutre.

Thomas retint un soupir de soulagement. Il avait craint un instant qu'ils se retrouvent à l'Aquarium, et l'idée que Lea puisse s'y promener en donnant la main à cet inconnu lui était infiniment désagréable.

— J'espère que tu es fier de moi ! poursuivit-elle, survoltée. J'ai rendez-vous avec un homme qui correspond presque en tous points à ce que je cherche ! C'est merveilleux ! Et tout ça, c'est grâce à toi...

Elle s'interrompit et son sourire s'évanouit brusquement, à mesure que réapparaissait son appréhension.

— Tu crois que je vais avoir le temps de me préparer ? murmura-t-elle avec angoisse.

Il lui sourit, attendri par ses soudaines sautes d'humeur qui trahissaient sa vulnérabilité.

— Mais tu n'as rien à préparer, Lea ! protesta-t-il. Tu ne vas pas dîner avec la reine d'Angleterre, que je sache !

— Sortir avec un homme, c'est tellement compliqué ! se lamenta-t-elle.

Thomas lui jeta un regard chargé d'incompréhension, ce qui l'agaça au plus haut point. Bien sûr, pour un homme, séduire était un jeu d'enfant ! Particulièrement pour un homme aussi attirant que Thomas, d'ailleurs...

— Pourquoi cet air désagréable ? s'étonna-t-il. Je n'ai rien fait de mal, que je sache !

— Non, mais pour toi, ce genre de soirée ne prête pas à conséquence. A propos, tu as revu Beth depuis notre dîner de sinistre mémoire ?

— Non. Je l'ai appelée pour m'excuser. Elle avait passé une excellente soirée avec James, et elle devait le revoir. Je t'avais dit que tu n'avais pas à t'inquiéter pour elle!

— Ah, dit Lea. J'aimerais pourtant bien savoir dans quel état sont ses tibias à l'heure qu'il est…

Elle sembla réfléchir un instant.

— Depuis Beth, tu es certainement sorti avec d'autres filles…, suggéra-t-elle d'un ton inquisiteur.

— Non, j'ai été trop occupé, répondit-il sèchement. D'ailleurs, c'est ton cas qui nous occupe, il me semble ! Ce Paul, il vient te chercher à domicile ?

— Non. Je te rappelle qu'il ne doit pas savoir où j'habite : l'agence ne lui a pas donné mon adresse.

— Tant mieux, approuva Thomas. D'ailleurs, je t'interdis de te laisser raccompagner chez toi comme tu l'as fait avec moi le premier soir.

Elle écarquilla les yeux.

— Mais c'était différent ! protesta-t-elle. C'était toi !

— Voyons, Lea, tu ne me connaissais pas !

En guise de réponse, elle haussa les épaules.

— En tout cas, je n'ai pas eu à le regretter, bien au contraire ! dit-elle d'un ton léger. Grâce à toi, je suis peut-être sur le point de rencontrer l'homme de ma vie, au lieu de rester à pleurer seule toutes les nuits dans mon lit !

Thomas toussota nerveusement. Imaginer Lea en train de pleurer dans son lit lui donnait immédiatement l'envie d'aller la consoler…

Il y eut un silence qui se prolongea, chacun semblant perdu dans ses pensées.

— Dis donc, Thomas, s'écria soudain Lea, tu me rendrais encore un service ?

— De quel ordre ? demanda-t-il, quelque peu méfiant.

— Je crois que j'ai besoin d'un peu plus de travaux pratiques.

— De travaux pratiques ? répéta-t-il, stupéfait.

— Oui, ça m'aiderait beaucoup si nous dînions dans ce restaurant tous les deux. Pour préparer le terrain. Tu comprends ?

Comment résister au regard suppliant qu'elle dardait sur lui ? A cet instant, la couleur émeraude de ses yeux avait la fascinante transparence des mers du Sud…

— D'accord. Demain soir, si tu veux, s'entendit-il répondre.

— Et pourquoi pas ce soir, à la place de la pizza ? Je vais appeler pour réserver, enchaîna-t-elle sans même attendre sa réponse.

Ils venaient d'entrer dans le restaurant quand une voix féminine interpella Thomas. Lea s'apprêtait sans enthousiasme à faire la connaissance d'une des ex-petites amies de celui-ci quand elle eut la surprise de reconnaître Beth. Un grand sourire sur ses lèvres rouge géranium, elle venait vers eux, plus pulpeuse que jamais dans une robe moulante et des escarpins à hauts talons.

— Quelle surprise ! Vous êtes toujours ensemble ? C'est merveilleux ! s'exclama-t-elle, extatique.

Aussitôt Lea se rapprocha de Thomas et lui glissa un bras autour de la taille : autant ne pas décevoir Beth et continuer à jouer le jeu du parfait amour ! De toute façon, il était impossible de lui avouer la vérité : elle les aurait écharpés…

— Oui, plus que jamais, affirma-t-elle donc avec un aplomb qui l'étonna elle-même.

Mais quand Thomas la prit par les épaules, elle ne put retenir un frisson d'émotion. Pourquoi ce trouble étrange ? se dit-elle, ébranlée.

— Il paraît que toi et James, c'est une affaire qui marche, lança-t-elle à Beth alors pour se donner une contenance.

Cette dernière éclata d'un rire aigu.

— Tu plaisantes ? Je l'ai laissé tomber au bout d'une semaine ! expliqua-t-elle. Il m'ennuyait à mourir avec ses histoires de boulot. Et puis il était trop vieux !

— Il doit avoir mon âge, fit observer Thomas avec flegme.

— C'est bien ce que je dis, renchérit Beth sans la moindre gêne. Tu es beau gosse, mais un peu trop vieux à mon goût !

Sur ces paroles, elle les salua d'un geste de la main et tourna les talons pour retourner à sa table où l'attendait un grand brun qui les observait d'un œil jaloux.

Dès qu'ils furent seuls, ce fut au tour de Lea d'éclater de rire.

— Alors, papy, on va s'asseoir ? glissa-t-elle à l'oreille de Thomas. A ton âge, il ne faut pas te surmener !

Thomas lui lança un regard noir démenti par son sourire.

— De nos jours, la jeunesse n'a plus de respect pour les anciens, soupira-t-il d'une voix chevrotante en s'appuyant sur son épaule comme s'il avait besoin de son aide pour marcher.

Une fois installée, Lea redevint sérieuse.

— Quand je pense que vendredi je serai dans cette même salle, face à un inconnu rencontré par l'intermédiaire d'une agence…

— Et alors ? rétorqua Thomas d'un air rassurant. Ce soir avec moi, ou vendredi avec Paul, ce sera toujours un simple dîner au restaurant !

— Tu plaisantes ou tu le fais exprès ? protesta-t-elle, agacée. Ça n'a rien à voir. Avec toi, je suis détendue et calme parce que je n'ai rien à te prouver. Nous ne sommes ni l'un ni l'autre en représentation, que je sache ! Pas question d'essayer de te conquérir d'un battement de cils, ou de tenter d'imaginer tes performances au lit !

Thomas faillit avaler sa bière de travers.

— Plaît-il ? articula-t-il avec peine.

Lea sourit, pas gênée le moins du monde.

— C'est ce que conseille l'article, expliqua-t-elle aussitôt d'un ton docte. Visualiser les situations pour mieux s'y préparer.

— Et c'est… ce genre de situations que les femmes visualisent ? dit Thomas d'un ton réprobateur.

— Parfois, rétorqua Lea, évasive. Qu'en est-il des hommes ?

Thomas évita son regard et sembla tout à coup se passionner pour le bouquet de primevères qui décorait le centre de la table.

— Bien sûr qu'ils pensent à ça ! répondit-elle à sa place. Et où est le mal ? Dans un couple, il faut qu'il y ait une attirance physique !

Thomas sembla réfléchir.

— Si je comprends bien, l'homme que tu choisiras devra passer avec succès l'examen de sensualité que tu lui feras subir sans même qu'il s'en rende compte ? Moi, je détesterais…

Lea se garda bien de lui répondre que, dans son cas, il n'avait pas à s'inquiéter. Il avait tout ce qu'un homme pouvait souhaiter : un charme ravageur, une virilité troublante et une fascinante sensualité. En plus, il ne semblait même pas s'en rendre compte, ce qui ajoutait à son pouvoir de séduction.

— C'est tout à fait ça, confirma-t-elle en chassant ces pensées de sa tête.

— Comme les femmes sont étranges ! fit observer Thomas comme s'il se parlait à lui-même. En tout cas, je suis heureux de ne pas être engagé dans cette compétition ! Heureusement que tu ne me demandes pas, en plus du reste, de t'aider à analyser tes fantasmes !

Heureusement en effet, songea Lea en son for intérieur. Tu pourrais avoir quelques surprises…

Thomas sourit : c'était bien une question typiquement féminine ! Pourtant, ce n'était pas à lui que Lea devait plaire, mais à ce Paul avec lequel elle s'apprêtait à passer la soirée.

— Tu es ravissante, assura-t-il. Et si tu cessais de te mordre les lèvres et de froncer les sourcils, tu serais tout simplement éblouissante… , ajouta-t-il, une lueur moqueuse dans ses yeux bleus.

Obéissante, elle cessa de se mordre les lèvres mais décida de modifier sa coiffure. Il fallait bien qu'elle passe sa nervosité sur quelque chose ! A cet instant, Thomas avança vers elle et lui immobilisa les deux mains avec fermeté avant qu'elle ne défasse la barrette en écaille qui attachait ses boucles blondes.

— Tes cheveux sont parfaits, assura-t-il, laisse-les tranquilles ! Quelle pile électrique ! Calme-toi, tu es plus en beauté que jamais, je t'assure.

Elle lui lança un regard inquiet.

— Peut-être suis-je trop apprêtée ? s'enquit-elle d'un air soucieux. J'ai tellement peur de me tromper… Et si je le faisais fuir ?

Thomas se passa la main dans les cheveux avec une expression de total découragement.

— Je n'aurais jamais cru que se préparer pour un simple dîner était un tel parcours du combattant, fit-il remarquer. Tu crois que toutes les femmes dans cette situation sont elles aussi au bord de la crise de nerfs ?

— Je crains que oui.

— Eh bien, heureusement que je n'ai pas eu de sœur : je n'aurais pas supporté trop souvent une telle épreuve.

Lea leva un sourcil étonné.

— Tu ne m'as pas dit que tu avais une sœur ?

Thomas chassa le sentiment de culpabilité qui revenait au galop chaque fois qu'il songeait à Anne.

— Une demi-sœur, précisa-t-il d'un ton distant. La fille de la deuxième femme de mon père. Je ne la connais que depuis quelques années.

Mais Lea était déjà passée à autre chose : elle s'examinait de nouveau dans la glace en pied, et ce qu'elle y voyait ne semblait pas du tout lui convenir.

— Je n'aurais pas dû mettre du rouge, commenta-t-elle d'un air mécontent. Tu ne trouves pas que j'ai l'air d'un perroquet ?

— Si tu veux me faire plaisir, cesse de te regarder dans la glace ! explosa-t-il. Le rouge te va à ravir. Détends-toi, tu as encore dix minutes avant d'affronter ton Paul !

— Tu es sûr que je ne suis pas ridicule ? demanda-t-elle d'une petite voix.

Il lui posa la main sur l'épaule pour la calmer, et la sentit aussitôt se détendre.

— Il sera littéralement subjugué, murmura-t-il d'une voix persuasive.

Un sourire éclaira les traits délicats de Lea, révélant sa dentition d'une blancheur éclatante. Il avait enfin réussi à la rassurer, songea-t-il avec soulagement sans pour autant retirer sa main.

Tout à coup, elle se mit sur la pointe des pieds et déposa un baiser furtif sur sa joue.

— Merci, Thomas ! murmura-t-elle. Tu arrives toujours à me redonner confiance en moi !

Quoique amical, ce baiser le prit tellement au dépourvu qu'il resta tétanisé.

— De rien, articula-t-il enfin avec difficulté.

— Imagine que Paul soit aussi bizarre que James, reprit-elle malgré elle après quelques secondes. Tu m'aideras à m'en débarrasser, n'est-ce pas ?

— Tu n'as rien à craindre, Lea. Je serai à quelques tables de vous, et en cas de problème j'interviendrai. Comme la dernière fois.

Il s'imagina l'arrachant des bras de Paul et, curieusement, cette vision lui fut très agréable.

— Avec James, c'était moins angoissant, poursuivit-elle comme si elle se parlait à elle-même. Cette fois-ci, j'ai presque une obligation de résultat : n'oublie pas que nous sommes deux à avoir sélectionné Paul comme meilleur candidat !

— Peut-être nous sommes-nous trompés tous les deux, et tu ne le sauras que tout à l'heure, fit remarquer Thomas. Mais si Paul n'est pas le bon, nous en trouverons un autre. En tout cas, s'il y a le moindre problème, tu me fais un signe et j'arrive, tel un preux chevalier sur son destrier blanc !

— Et ensuite tu fais ma conquête d'un seul baiser langoureux, tandis que le monde cesse d'exister autour de nous ?

Il ouvrit de grands yeux écarquillés. L'image était séduisante, mais totalement déconnectée de la réalité !

— Qu'est-ce que tu racontes, Lea ?

— Rien ! C'est ainsi que James a décrit la scène à ses collègues de bureau après notre dîner. Il a de l'imagination !

— C'est une idée intéressante, murmura Thomas d'une voix sourde. Je m'en souviendrai si l'occasion se présente de nouveau.

Il guetta sa réaction d'un œil, mais à l'évidence elle n'avait rien perçu de son message à double sens. Elle sourit, comme s'il s'agissait seulement d'une offre de service, et il en conclut qu'elle ne comprenait vraiment rien à la psychologie masculine. Sans son aide, elle ne trouverait jamais l'homme de sa vie…

— Merci, Thomas, déclara-t-elle avec gravité. Je sais que je peux compter sur toi. Pour un séducteur en série, tu es vraiment un chic type.

De nouveau elle le gratifia d'un rapide baiser sur la joue, et il crut que son sang se mettait à bouillir dans ses veines.

— Une dernière question, ajouta-t-elle. A la fin de la soirée, est-ce que je dois l'embrasser ?

Il déglutit péniblement.

— Tu feras ce que tu auras envie de faire, Lea, répondit-il enfin avec prudence.

— Mais quelle est la norme ? Que ferait une autre fille à ma place ?

— Il n'y a pas de norme en matière de relation amoureuse ! explosa-t-il . Et tu n'es pas une autre fille, tu es toi !

— Je t'en prie ! supplia-t-elle. Je fais quoi ? Je l'embrasse, ou pas ?

Il abandonna. Elle voulait des règles, il allait lui en donner.

— Tu ne l'embrasses pas.

Elle parut soulagée. Tout ce qu'elle voulait, c'est qu'on lui dicte sa conduite, pensa-t-il, perplexe.

— On n'embrasse pas la première fois ? répéta-t-elle.

— Tout dépend de la situation, Lea. Mais tu as l'air tellement perturbée par ce dîner que te laisser embrasser dès ce soir serait de la folie !

— Tu sais, Thomas, l'article disait qu'un baiser le premier soir est approprié, rappela-t-elle avec sérieux. Mais quelques secondes seulement, et pas avec la langue, évidemment.

Il lui jeta un regard apitoyé.

— Lea ! se lamenta-t-il. Parfois, j'ai l'impression que tu as dix ans d'âge mental.

Sa réflexion sembla perturber la jeune femme, car elle se tordit les mains de plus belle.

— C'est vrai, Thomas, je suis ridicule. Mais je suis dans un tel état de nerfs ! Tu dois vraiment me prendre pour une folle ! Quand je pense que je te demande si je dois embrasser ce type que je n'ai jamais vu de ma vie, et ça dès le premier soir ! J'ai honte, tu sais…

Ses beaux yeux verts se voilèrent et il prit ses mains dans les siennes pour la réconforter. Ils se faisaient face, les yeux dans les yeux, immobiles, comme tétanisés.

Alors, sans même réaliser ce qu'il faisait, Thomas se pencha vers elle et posa la bouche sur la sienne. Il l'embrassa avec ardeur, presque comme s'il lui volait ce baiser, et l'espace de ces quelques secondes, plus rien n'exista que la troublante douceur des lèvres de Lea, la délicieuse fraîcheur de sa bouche. Cependant, à peine s'était-il détaché d'elle qu'il réalisa l'erreur qu'il venait de commettre.

Il y eut un silence, un silence d'une éprouvante densité qui sembla durer une éternité. Thomas ne prononça pas une parole ; son regard était rivé sur le visage de Lea, sur ses lèvres gonflées par leur baiser. Elle ne dit rien non plus. Puis, d'un geste d'une lenteur affolante, elle passa l'index sur ses lèvres, là où quelques secondes avant Thomas avait posé les siennes.

— Très intéressant, murmura-t-elle enfin, l'air concentré. C'est donc comme ça que je dois l'embrasser ?

Stupéfait, Thomas réalisa que ce qui venait de se passer n'était pour elle qu'un simple exercice, une répétition en quelque sorte. Pourtant, elle avait frémi dans ses bras, elle avait répondu à son baiser ! Etait-elle d'une désarmante naïveté, ou d'une insoupçonnable perversité ? En tout cas, elle était plus qu'imprévisible !

— Non, assena-t-il à la hâte. Pas de baiser le premier soir, nous sommes d'accord là-dessus.

Lea prit un air étonné.

— Alors, tu m'as embrassée pour me montrer ce qu'il ne faut pas faire ? demanda-t-elle en toute innocence.

Il fulmina intérieurement : décidément, quand elle le voulait, elle ne comprenait rien ! Ou alors, elle le faisait exprès !

— Je t'ai embrassée pour te faire taire et pour te calmer, déclara-t-il d'un ton abrupt.

— Mais ça ne m'a pas calmée, fit-elle remarquer en fronçant les sourcils.

— Arrête, tu vas avoir des rides ! lança-t-il pour détendre l'atmosphère.

Elle se précipita de nouveau devant sa glace.

— Des rides ? Quelle horreur ! Tu vois, je deviens vieille ! Vite, ma crème…

Thomas éclata de rire. Comme il l'espérait, la tension qui s'était établie entre eux depuis qu'il avait eu la folle idée de l'embrasser s'était enfin dissipée.

— Ta crème ? Ma pauvre Lea, tu crois au Père Noël ? s'exclama-t-il, affichant un ton goguenard. D'abord, les crèmes miracles, ça n'existe pas, ensuite tu n'as pas de rides ! D'ailleurs, les rides, on s'en accommode ! Regarde-moi : est-ce que je me plains ?

Elle haussa les épaules.

— Mais, toi, ça te donne encore plus de charme ! C'est une preuve supplémentaire de l'inégalité fondamentale entre l'homme et la femme ! Je me demande pourquoi Dieu a tellement mal fait son travail !

Sa mine était si désolée que Thomas sourit, attendri.

— Le moment ne me paraît pas idéal pour discuter théologie. Pour l'instant, le problème c'est Paul, et si nous ne partons pas maintenant, il va t'attendre. Pour un premier rendez-vous, ça ferait mauvais effet, tu ne trouves pas ?

Jamais il ne s'était senti aussi mal…

D'abord, c'était la première fois qu'il mangeait seul au restaurant, et il détestait ça. Ses voisins de table le dévisageaient d'un air mi-condescendant, mi-apitoyé, et il fulminait de ne pas pouvoir leur expliquer qu'il n'était pas un célibataire abandonné, mais un conseiller en séduction en mission.

Pire encore, il ne servait à rien, car Lea semblait s'en sortir parfaitement toute seule. La conversation entre les deux tourtereaux allait bon train, elle souriait à son compagnon pour un oui ou pour un non et sa robe rouge lui allait à ravir. En plus — il regrettait de devoir l'admettre —, ce Paul avait l'air plutôt sympathique et, en prime, était fort séduisant. Tout allait donc pour le mieux dans le meilleur des mondes, au moins en apparence.

Car il rongeait son frein, de plus en plus énervé. Pourquoi n'avait-il pas apporté un journal ? Il aurait eu l'air moins idiot, tout seul à sa table !

Il venait de commander le dessert quand il s'aperçut que Lea essayait désespérément d'attirer son attention à l'insu de Paul. Elle était agitée tout à coup, comme en attestaient son sourire crispé et sa pâleur soudaine. Il se passait quelque chose…

A ses signes cabalistiques, il comprit qu'elle voulait prendre le prétexte d'aller se rafraîchir pour lui parler. Elle se leva et il lui emboîta le pas quelques secondes plus tard. Mais quand il arriva devant la porte des toilettes, il n'y avait personne. Elle ne s'attendait tout de même pas à ce qu'il pénètre dans la pièce réservée aux dames, comme le signalait le petit dessin sur la porte ?

Eh bien, il se trompait. La porte s'ouvrit brusquement, une main apparut, et avant qu'il comprenne ce qui lui arrivait, Lea le tira sans ménagement à l'intérieur. Puis elle referma le battant derrière eux d'un air de conspirateur.

— Mais tu es folle ! s'exclama-t-il. Qu'est-ce que c'est que ce cinéma ? Il ne te marche pourtant pas sur les pieds, celui-là !

— Non, mais j'ai oublié de te poser une question essentielle, et je ne pense qu'à ça depuis le début du repas. Qui doit payer, lui ou moi ? demanda-t-elle d'une voix fébrile.

Il réfléchit un instant. Il fallait absolument la calmer, ou elle allait faire une bêtise.

— Moi, je paye toujours, répondit-il.

— Tes petites amies ne proposent jamais de le faire ?

— La première fois, non. Après, ça peut arriver, reconnut-il.

— Est-ce qu'elles insistent ? Combien de temps ? Et toi, comment réagis-tu ?

Elle se tordit les mains en le dévisageant d'un regard suppliant, comme si de sa réponse dépendait toute son existence.

— Mais enfin, Lea, détends-toi ! s'exclama-t-il, atterré. Pourquoi as-tu toujours ce besoin de perfection, cette crainte de ne pas faire ce qu'il faut ? Je te jure, il y a des moments où je me dis qu'une bonne séance sur un divan te ferait du bien !

Elle lui jeta un regard furieux.

— Je t'en prie, Thomas, épargne-moi tes digressions psychologiques à la noix, et dis-moi juste si je propose à Paul de payer ! C'est ton boulot de me conseiller, oui ou non ?

— Tu n'as qu'à proposer de partager, dit-il, vexé.

Aussitôt, Lea lui adressa un sourire radieux.

— Mais bien sûr ! s'exclama-t-elle. Comment n'y avais-je pas pensé plus tôt ? Je me demande ce que je ferais sans toi !

Elle soufflait vraiment le chaud et le froid, songea Thomas, perplexe. Quelle drôle de fille ! Jamais il n'en avait rencontré une pareille…

— Il ressemble presque au prince charmant, ton candidat, reprit-il en guettant sa réaction.

— Il est super ! renchérit-elle avec un enthousiasme qu'il trouva scandaleusement exagéré.

— Tant mieux. Maintenant, redresse-toi, souris, et retourne à ta place. Tu es très en beauté, et j'espère que ce type est conscient de la chance qu'il a.

— Merci, Thomas, merci, murmura-t-elle d'une voix émue. Toi aussi, tu es super !

— Vas-y, murmura-t-il alors d'un ton persuasif. Retourne le charmer.

Elle inspira pour se donner du courage, esquissa un sourire et se dirigea vers sa table.

Quel veinard, ce Paul ! songea Thomas en reprenant tristement sa place face à une chaise vide. Un sacré veinard…

Lea prit congé de Paul sur le trottoir et déclina sa proposition de la raccompagner. Il eut la bonne idée de ne pas insister et ils convinrent de se rappeler prochainement.

Dès que sa voiture eut tourné le coin de la rue, elle poussa un soupir de soulagement. La soirée s'était mieux passée qu'elle l'avait imaginé, pourtant elle éprouvait un malaise diffus. Etait-ce la faute du regard inquisiteur de Thomas posé sur elle en permanence ? Pourtant, il n'avait fait que son travail ! N'était-il pas professionnel jusqu'au bout des ongles, allant même jusqu'à l'embrasser pour lui montrer ce qu'elle ne devait pas faire ? Elle réprima un frisson et chassa le souvenir troublant de ce baiser. Elle ne devait pas perdre de vue qu'il ne s'agissait que d'une simple séance de travaux pratiques, et que Thomas n'était pas dans sa liste de candidats ! Ce baiser anodin ne devait pas nourrir ses fantasmes.

— La voie est libre ?

Elle se retourna brusquement. Thomas venait de la rejoindre.

— Oui.

— Bravo, Lea ! s'exclama-t-il en lui entourant les épaules de son bras. Tu t'en es tirée comme un chef.

— Ta présence m'a aidée.

— Vous aviez l'air de passer un bon moment, lança-t-il en l'entraînant vers sa voiture. Il te plaît ?

— J'imagine que oui.

Son ton manquait tellement d'enthousiasme que Thomas la regarda avec surprise.

— Tu « imagines » ?

— Mais je ne sais pas, Thomas ! s'exclama-t-elle. Oui, il est gentil…

— Gentil…, répéta-t-il, pensif. Tu vas le revoir ? demanda-t-il d'un ton abrupt en lui ouvrant la portière.

— Oui, mardi. Nous allons au musée.

— Parfait ! lança-t-il en claquant la portière derrière elle avec une violence soudaine.

Pourquoi était-il soudain si agressif ? songea Lea. Quelque chose en Paul devait lui avoir déplu. Mais quoi ?

— Je suis sûre que tu ne l'aimes pas, affirma-t-elle dès que la voiture eut démarré. Tu penses qu'il cache quelque chose ?

Thomas toussota nerveusement.

— Pas du tout, Lea ! Il a tout du candidat idéal. Peut-être tiens-tu le bon bout… D'ailleurs, si tel est le cas, notre collaboration n'a plus de raison d'être.

— Bien sûr que si ! protesta-t-elle avec véhémence. J'ai encore besoin de toi. Tu viendras avec moi au musée, dis ?

Dans l'obscurité, elle ne vit pas que les traits de Thomas se crispaient.

— S'il te plaît ! insista-t-elle comme il ne répondait pas.

— Bon, d'accord, dit-il enfin d'une voix sourde.

— Oh, merci, Thomas ! Je te promets qu'ensuite je ferai un effort pour me débrouiller toute seule comme une grande !

— Et moi pour apprendre à dire non aux jolies filles…, grommela-t-il dans sa barbe.

7.

Lea se préparait pour son quatrième rendez-vous avec Paul, le premier sans la surveillance de Thomas, et ce dernier la couvait du regard avec inquiétude.

L'angoisse qu'il éprouvait était probablement la même que celle d'un père qui abandonne son bébé pour la première fois, songea-t-il, perplexe. Mais un père, lui, pouvait appeler la baby-sitter pour s'assurer que tout allait bien, alors que lui n'aurait aucun moyen légitime de joindre Lea.

Lea, elle aussi, semblait nerveuse, même si elle prétendait le contraire.

— Je vois bien que ça ne va pas, constata-t-il en la regardant aller et venir avec agitation de son placard à son miroir. Pourquoi te mets-tu dans des états pareils ? Tu n'as rien à craindre, Lea ! Tu le trouves sympathique, et que je sois là ou pas ne change rien à l'affaire…

— Ce n'est pas ça qui m'inquiète ! coupa-t-elle d'une voix tendue.

— Quoi, alors ? Exprime-toi, voyons ! Quel est le problème ?

Elle se mit à arpenter la pièce de plus belle.

— Le problème, c'est que pour Paul et moi le moment est venu de nous embrasser, avoua-t-elle enfin, catastrophée.

Elle lui lança un coup d'œil si désespéré qu'il hésita entre le rire et les larmes. La perspective d'embrasser Paul avait l'air de l'enthousiasmer autant que celle d'aller à l'échafaud. Tout cela était absurde ! conclut-il brusquement, révolté.

— Lea, regarde-toi dans la glace, murmura-t-il d'une voix étranglée.

Comme elle ne bougeait pas, il la prit par les épaules et la poussa vers le miroir. Sous ses doigts, ses muscles étaient tendus et, quand il croisa son regard dans la glace, il y lut une appréhension qui lui serra le cœur. Il fallait mettre un terme à cette situation qui non seulement n'avait aucun sens, mais surtout la faisait terriblement souffrir.

— Tu vois ce que je vois ? demanda-t-il d'une voix sourde. Tu as l'air terrorisé, au bord du malaise rien qu'à l'idée d'embrasser Paul ! Dans ces conditions, comment peux-tu imaginer avoir un jour envie de fabriquer un bébé avec lui ?

— Tu te trompes, protesta-t-elle faiblement. Je n'ai rien à lui reprocher ! Il est gentil et…

Elle s'interrompit, se retourna et posa son front sur l'épaule de Thomas. Elle faisait cela de temps en temps, et comme toujours il eut beaucoup plus envie de la serrer dans ses bras que de la voir filer le parfait amour avec un autre. Que lui arrivait-il ? Quelque chose en lui ne tournait pas rond.

— Il a passé avec succès ton test de sensualité ? demanda-t-il d'une voix tendue, en résistant à la tentation de poser la main sur la peau douce de sa nuque.

Elle hésita un instant et il comprit sans se l'avouer qu'il espérait une réponse négative.

— Il est beau garçon, articula-t-elle enfin avec difficulté. Mais il me semble que je devrais avoir plus envie de l'embrasser.

— Tu n'as pas envie ?

— Je ne sais pas. J'ai peur. Le trac, peut-être. Une fois que je me serais jetée à l'eau, je surnagerai, tu ne crois pas ?

Se jeter à l'eau, surnager : curieuse métaphore pour un baiser ! songea Thomas. Pas vraiment romantique, en tout cas...

— Ecoute, Lea, je crois que tu ne me paies pas assez pour ce job ! s'exclama-t-il, poussé à bout. En fait, tu as besoin d'un psy. Je suis incapable de t'aider sur ce point.

En réalité, il ne voulait surtout pas discuter du baiser qu'elle allait échanger avec Paul Cameron. Ni de quoi que ce soit qu'elle pouvait partager avec ce type...

Elle était si proche qu'il pouvait respirer son discret parfum aux senteurs sucrées. Dans la glace, ses cheveux dénoués ruisselaient sur ses épaules et il dut se retenir pour ne pas les caresser.

— Qu'en penses-tu ? insista-t-elle. Est-ce qu'on doit s'embrasser ce soir ?

Il s'écarta brusquement.

— Lea, je t'en prie, épargne-moi les détails de ton flirt ! s'exclama-t-il avec violence. Débrouille-toi toute seule, et tiens-moi à l'écart de tout ça, par pitié !

Elle lui lança un regard furieux.

— Mais enfin, Thomas, c'est précisément pour que tu m'aides à tout régler dans les détails que j'ai recours à tes services ! s'écria-t-elle.

— Peut-être, mais ce n'est pas à moi de te donner le feu vert pour un baiser, que je sache ! Tu es une grande fille, non ?

— Tu ne peux pas me donner des indications ?

Il eut soudain envie de se taper la tête contre le mur.

— Que veux-tu exactement ? Une démonstration ?

— Non, murmura-t-elle. Excuse-moi, je suis stupide, et ridicule par-dessus le marché.

Cette réflexion eut le don de faire sortir Thomas de ses gonds.

— Arrête de te rabaisser ! rétorqua-t-il avec violence. Tu es charmante, intelligente, drôle ! Tu n'as aucune raison de ne pas avoir confiance en toi...

— Si, Thomas, je…

Il ne la laissa pas finir et, pour la deuxième fois, la fit taire d'un baiser.

Sa bouche était douce, chaude et accueillante. Au bout de quelques secondes seulement, Lea lui rendit son baiser, et il oublia soudain toutes les bonnes raisons qu'il avait de ne pas l'embrasser. Il s'abandonna au bonheur de sentir son corps féminin serré contre lui, de respirer ce parfum grisant qui n'appartenait qu'à elle, mélange de sa peau sucrée et de sa subtile eau de toilette. Elle était dans ses bras, et plus rien d'autre ne comptait. Comment aurait-il pu réfléchir au bien-fondé de ce baiser, alors qu'il n'avait jamais éprouvé une émotion aussi intense ?

La sonnerie brutale de la porte d'entrée les fit sursauter et ils s'écartèrent aussitôt l'un de l'autre.

Le souffle court, Thomas se passa la main dans les cheveux et se dirigea vers la fenêtre, tandis que Lea restait immobile au milieu de la pièce sans même songer à aller ouvrir à Paul, car c'était sûrement lui.

Le contact de la vitre contre son front ne rafraîchit Thomas que quelques instants, car il bouillonnait intérieurement. Il fallait absolument dissiper l'insupportable gêne qui s'était établie entre eux, songea-t-il, au supplice. Leurs rapports devaient à tout prix reprendre un cours normal après ce fâcheux incident.

— Voilà, tu l'as eu ton exercice pratique ! lança-t-il enfin en affichant un ton dégagé. Tu es contente ?

Que pouvait-il dire d'autre que ce grossier mensonge ? Impossible de lui avouer que la seule idée qu'un homme l'embrasse comme il venait de le faire lui donnait des envies de meurtre…

— Pas la peine de se faire une montagne d'un baiser, tu vois ! reprit-il pour la forcer à réagir.

Il lui sembla que sa voix sonnait terriblement faux, mais elle ne parut pas le remarquer.

117

— Tu as raison, approuva-t-elle enfin d'un ton détaché. Merci pour la démonstration, Thomas.

Il chercha à observer son visage pour y déceler une éventuelle trace d'ironie, sans succès : elle lui avait déjà tourné le dos et se dirigeait vers la porte. Dans quelques secondes, elle retrouverait Paul et échapperait pour la première fois à sa surveillance, et cette pensée le révolta.

— Ne fais que ce que tu as vraiment choisi de faire, Lea, murmura-t-il d'une voix sourde. Le moment n'est peut-être pas encore venu, peut-être n'est-il pas l'homme qu'il te faut ! Rien ne t'oblige à te jeter dans ses bras.

Il ne sut pas si elle avait entendu…

— Bonsoir, Thomas. Paul m'attend, déclara-t-elle de la même voix détachée. Je t'appelle demain.

Au moment où elle ouvrait la porte, la sonnette retentit de nouveau. Paul s'impatientait. Thomas les entendit échanger quelques paroles sans comprendre ce qu'ils disaient, puis la porte se referma derrière eux.

En plein désarroi, il s'affala dans le canapé où, la tête rejetée en arrière, il contempla le plafond, perdu dans ses pensées.

Comment Lea allait-elle faire face à la situation, seule pour la première fois avec Paul ?

Comment allait-*il* faire face à la situation ?

Si seulement elle lui avait demandé de venir !

Mais elle ne l'avait pas fait. Désormais les dés étaient jetés, et son sentiment d'impuissance le rendait fou…

Elle sourit machinalement à Paul, mais une sourde inquiétude l'envahit peu à peu, tandis que l'évidence s'imposait à elle insidieusement. Non, c'était impossible, songea-t-elle, atterrée, elle ne pouvait pas être tombée amoureuse de Thomas !

— Je suis Thomas, un très bon ami de Lea, précisa-t-il en insistant sur le *très*. Peut-être vous a-t-elle parlé de moi ?

— Non, répondit sèchement Paul.

Il hésita un instant, visiblement partagé entre la fureur et le dépit. Mais sa bonne éducation prit le dessus et il renonça à affronter cet énergumène sorti de nulle part.

— Il est temps que je parte, reprit-il d'une voix tendue. Tu es sûre que je peux te laisser, Lea ? demanda-t-il en dévisageant la jeune femme avec insistance.

— Oui, oui, articula-t-elle avec peine.

Sur ce, il s'éloigna sans ajouter un mot. Lea se retourna alors vers Thomas, rouge de colère. A l'évidence, elle était hors d'elle, ce qui n'avait rien d'étonnant, conclut Thomas : il s'était conduit comme un rustre…

Il faudrait pourtant qu'il se justifie, même s'il était incapable de lui expliquer ce qu'il ne s'expliquait pas à lui-même…

Sans un mot, la mine sombre, Lea ouvrit la porte et pénétra dans son appartement ; il la suivit aussitôt.

— Il me semble que j'ai droit à quelques explications, lança-t-elle d'un ton glacial quand ils se retrouvèrent face à face dans l'entrée.

Il s'appuya contre le mur, croisa les bras sur sa poitrine et la dévisagea longuement avant de répondre, en proie à la même rage sourde qu'il avait éprouvée en voyant Paul lui poser la main sur l'épaule. Toute son animosité était réapparue, et il n'avait plus la moindre envie de se disculper.

— Tu allais l'inviter à entrer, n'est-ce pas ? s'exclama-t-il tout à coup d'un ton accusateur.

— Il me parlait de son travail, et je lui ai proposé d'entrer plutôt que de discuter sur le pas de la porte, expliqua Lea, hors d'elle. Quoi qu'il en soit, tu n'avais rien à faire devant chez moi !

— Tu ne vas pas me faire croire qu'il ne souhaitait que bavarder ! rétorqua Thomas d'un ton acide.

121

— Et pourquoi pas ? Tous les hommes ne sont pas des obsédés sexuels ! Et même s'il avait passé la nuit dans mon lit, rien ne l'interdit, que je sache ! A moins que, en tant que conseiller en séduction, tu ne trouves ça prématuré sur un plan stratégique, ajouta-t-elle plus calmement.

— Non, ça n'a rien à voir !

— Tu peux être fier de toi, en tout cas ! Si tu avais voulu faire fuir Paul, tu ne t'y serais pas pris autrement ! Maintenant, il doit être persuadé que tu es mon ex ; tu vas voir, je parie qu'il ne va pas oser me rappeler.

— Bon débarras, grommela-t-il.

Elle s'avança vers lui d'un air de défi.

— Et si c'était un mari potentiel qui me filait entre les doigts par ta faute ? s'exclama-t-elle. Jusque-là, tout allait parfaitement bien entre nous.

— Parfaitement bien ? répéta-t-il avec un petit rire cynique. Tu plaisantes ? Cet après-midi, rien que l'idée de l'embrasser te donnait la nausée !

— Parce que j'étais nerveuse, protesta Lea. Il me plaît, je lui plais. Et, à cause de toi, on n'a même pas pu faire le test du baiser !

A cette nouvelle, Thomas éprouva un intense soulagement. Ouf ! Ils ne s'étaient pas embrassés dans la voiture, comme il l'avait craint un instant. Il ne put retenir un sourire qui alerta Lea.

— Quel est ton problème, au juste ? demanda-t-elle en le fixant d'un regard perplexe.

Avec ses yeux brillants, ses boucles blondes répandues en désordre sur ses épaules, ses joues rosies par la colère, elle était plus ravissante que jamais, songea-t-il, troublé. Pourquoi ne pas lui avouer que son seul problème, c'était l'attirance qu'il éprouvait pour elle ?

— J'ai soif, déclara-t-il enfin d'un ton brusque en se dirigeant vers la cuisine. Je peux me servir à boire ?

— Fais comme chez toi. Mais explique-moi d'abord pourquoi tu étais au restaurant !

— Je voulais avoir un œil sur toi, expliqua-t-il maladroitement. Tu avais l'air tellement hésitante avant de retrouver Paul ! Je m'inquiétais…

Elle poussa un profond soupir. Sa colère était tombée, elle semblait à présent en plein désarroi.

— Je ne te comprends pas, Thomas, murmura-t-elle, découragée. Voilà des semaines qu'on travaille ensemble sur ce projet, et tu réduis tout à néant en quelques secondes ! Pourquoi ?

Il décapsula la bouteille de bière qu'il venait de trouver dans le réfrigérateur.

— C'est simple, assena-t-il d'un ton qui n'admettait pas la réplique. Tu mérites mieux que Paul.

— C'est pourtant le candidat rêvé ! protesta-t-elle.

— Non, coupa-t-il sèchement.

Il paraissait si sûr de lui qu'elle le dévisagea d'un air soupçonneux. Il lui cachait sûrement quelque chose.

— Quelque chose chez lui ne va pas ? demanda-t-elle.

Il avala une longue gorgée de bière.

— Oui.

Sa rage se réveilla soudain quand il la vit blêmir. C'était la crainte de perdre Paul qui la mettait dans cet état-là…

— Mon Dieu, murmura-t-elle avec effroi. Il est marié ?

Il secoua la tête en signe de dénégation.

— Pire ?

— Oui.

— Pire ? s'exclama-t-elle, horrifiée. C'est un… criminel ? Un obsédé ?

Elle s'avança vers lui plus morte que vive et lui posa la main sur le bras.

— Voyons, Thomas, je veux savoir ! insista-t-elle d'une voix tremblante. Qu'est-ce qui ne va pas chez Paul ?

Thomas prit une profonde inspiration pour maîtriser le trouble qui l'envahissait insidieusement. A travers le lin de sa chemise, il sentait la douce chaleur de la main de Lea, et ce contact furtif l'étourdissait comme la plus sensuelle des caresses.

— Ce qui ne va pas ? répéta-t-il d'une voix rauque. C'est qu'il n'est pas moi…

8.

Les paroles de Thomas résonnèrent longtemps dans la petite pièce.

Dans un silence absolu, Lea retira lentement la main de son bras, puis recula d'un pas. Thomas, lui, retenait son souffle, guettant sa réaction.

— Que veux-tu dire ? murmura-t-elle enfin.

Elle était à portée de ses lèvres, et il dut faire un effort surhumain pour ne pas l'attirer à lui et l'embrasser en guise de réponse.

— Quand je pense à sa bouche sur la tienne, j'en suis malade, expliqua-t-il d'une voix rauque. Quand je le vois te prendre la main, j'ai envie de le frapper, et quand tu lui souris, j'ai des envies de meurtre !

— Thomas…

— Je te veux, Lea. Je te veux rien que pour moi.

Il entendit sa respiration s'accélérer mais elle ne bougea pas.

— Thomas, dit-elle de nouveau, si bas qu'il l'entendit à peine.

Cherchant son regard, il y décela un profond trouble qui le combla. Alors il avança la main et, d'un geste rendu malhabile par l'émotion, dessina l'ovale parfait de son visage, la courbe délicate de son cou. Comme s'ils avaient été en présence d'un invisible aimant, ils se rapprochèrent l'un de l'autre sans même

125

s'en rendre compte : tout naturellement, Lea se nicha entre les bras de Thomas, tout naturellement, il la serra contre lui.

La tête de Lea posée contre son épaule lui sembla aussi légère qu'un oiseau. Son parfum délicat montait jusqu'à ses narines, ses cheveux sous ses doigts étaient aussi souples que la soie. Il lui sembla qu'elle lui murmurait des mots à l'oreille, mais il ne les comprit pas. Que lui importaient les paroles ? Elle était dans ses bras, et cela seul comptait.

« Elle est à moi, pensa-t-il, rien qu'à moi ! » Jamais il n'avait éprouvé cet instinct de possession un peu ridicule envers une femme, mais c'était ainsi. Il la serra plus fort contre lui, comme si elle risquait de lui échapper ; elle ne bougea pas. Bien au contraire, il la sentit s'alanguir contre lui et il fut rassuré.

Momentanément seulement, car il savait qu'il était le contraire de l'homme qu'elle cherchait avec tant d'acharnement !

Lea, quant à elle, ne souhaitait qu'une chose, qu'il l'embrasse ! Qu'attendait-il ? Il avait envie d'elle, elle en était certaine, même si elle était loin d'être experte en matière amoureuse. Il y avait des signes qui ne trompaient pas : ses mains tremblantes autour de sa taille, son souffle court qui lui effleurait délicieusement la nuque, ses doigts qui jouaient avec ses cheveux. Alors, pourquoi tergiversait-il ?

D'un geste déterminé, elle lui passa les bras autour du cou et, les lèvres entrouvertes, leva la tête vers lui avec un regard suppliant. S'il ne comprenait pas, c'était à désespérer ! Mais il ne bougea pas. Il était comme tétanisé, son regard cherchait le sien comme s'il s'attendait à y trouver une réponse aux questions qui semblaient le préoccuper. Lea, elle, ne s'embarrassait pas de questions inutiles : elle avait besoin de ses lèvres sur les siennes, et voilà tout !

Elle se lova un peu plus contre lui, mais il n'esquissa pas un geste. Cette fois, elle commençait à s'impatienter !

— Thomas, lui glissa-t-elle à l'oreille, au cas où tu n'aurais pas remarqué, j'essaie de t'embrasser… Tu pourrais être un peu plus coopératif !

Il sourit, mais en même temps elle nota une lueur de panique dans le bleu profond de ses yeux. Il avait peur, tout simplement ! conclut-elle avec un mélange de surprise et de soulagement. Il suffisait qu'elle lui explique qu'elle ne cherchait pas à le piéger dans les liens du mariage et de la paternité, et tout s'arrangerait : il l'embrasserait enfin… A cet instant, elle n'en voulait pas plus.

— Ne t'inquiète pas, Thomas, dit-elle avec un sourire apaisant. Je sais, nous ne sommes ni pour l'un ni pour l'autre le partenaire idéal puisque tu ne veux pas te marier et que je ne pense qu'à ça ! Mais qu'est-ce que ça peut faire ? Un petit baiser ne va pas nous tuer !

Il s'apprêta à dire quelque chose, mais elle ne lui en laissa pas le loisir : elle approcha sa bouche de la sienne, ferma les yeux et lui mordilla la lèvre inférieure dans un geste aussi sensuel que provocateur. Il lui fallut quelques secondes pour vaincre sa résistance, mais elle ne fut pas déçue…

Ce fut tout à coup comme un déchaînement. Le souffle court, Thomas prit son visage entre ses mains tremblantes et se mit à l'embrasser avec autant de passion que si leurs vies à tous les deux en dépendaient.

Quand il la lâcha enfin, il était tellement étourdi de sensations qu'il mit quelques secondes à recouvrer ses esprits. Il ne venait pas d'essuyer le passage d'un ouragan — il avait juste embrassé Lea…

— Lea, dit-t-il d'une voix rauque.

Elle se serra contre lui et posa un doigt sur sa bouche pour le faire taire. Il sentait ses seins fermes écrasés contre sa poitrine, et un spasme de désir le parcourut. Pourquoi tous ces vêtements ? Il voulait sa peau contre la sienne, il était consumé de désir pour elle! Mais à peine avait-il commencé à défaire les boutons de

127

son chemisier que le doute le reprit. Tout cela était trop rapide, beaucoup trop rapide, se dit-il, revenant brusquement à la raison. Avant tout, il fallait qu'ils s'expliquent.

Il s'arrêta dans son mouvement et la vit froncer les sourcils d'un air fâché.

— Lea, commença-t-il d'un ton hésitant, est-ce que tu es sûre que tu… je veux dire que nous…

Avec un sourire, elle l'attira à lui et enfouit son visage dans son cou.

— Tais-toi, Thomas, murmura-t-elle en lui effleurant le cou de ses lèvres caressantes. Tais-toi, et embrasse-moi…

Jamais ordre ne parut plus doux à Thomas, jamais il ne prit autant de plaisir à obéir. Les lèvres de Lea répondirent immédiatement à ses caresses, et il lui sembla qu'il ne pourrait jamais se rassasier de sa bouche fraîche et gourmande.

La sonnerie stridente du téléphone les interrompit au bout de quelques secondes en les faisant sursauter. Lea s'arracha à l'étreinte de Thomas et se précipita vers l'appareil.

C'était Paul qui voulait s'assurer que tout allait bien. Elle lui répondit à demi-mot et raccrocha aussi vite qu'elle le put. Mais le charme était rompu…

Quand, revenant vers Thomas, elle aperçut son reflet dans la glace, elle eut l'impression d'avoir survécu à un ouragan. Les cheveux défaits, les joues rouges, le chemisier déboutonné : elle avait l'air hagard d'une rescapée de catastrophe naturelle.

— Mon Dieu, Thomas, murmura-t-elle d'un ton horrifié, qu'étions-nous en train de faire ?

Il comprit avec une lucidité amère que leur complicité sensuelle avait pris fin.

— Tu veux vraiment que je réponde à cette question ? rétorqua-t-il d'un ton détaché.

— Non, répondit-elle en baissant les yeux.

— Tant mieux ! Parce que, si tu avais besoin de précisions sur le sujet, ton cas serait grave et il faudrait vraiment que je te donne des cours de rattrapage !

— Ce baiser n'était donc pour toi qu'un exercice de travaux pratiques ? rétorqua-t-elle en lui lançant un regard aigu.

— Tu sais très bien que non ! D'ailleurs, c'est toi qui m'as embrassé, rappelle-toi !

— Parce que tu m'avais dit que tu avais envie de moi, précisa-t-elle dans un souffle.

— C'est vrai, j'ai envie de toi, confirma Thomas de sa voix grave. Pourquoi le cacherais-je ?

— Tu as surtout envie d'une aventure, corrigea Lea. Tu m'as dit toi-même que je devrais avoir une liaison avant de m'engager dans la vie conjugale, alors tu te dévoues ! C'est bien ça ?

Il ne répondit pas. Sa seule certitude était qu'il la désirait à en devenir fou. Le reste, il s'en fichait !

— Thomas, ça ne pourra pas marcher, reprit-elle d'une voix sourde. Tu sais très bien que l'homme que je cherche ne te ressemble pas !

— Parce que tu penses que Paul ferait mieux l'affaire ? rétorqua-t-il avec violence. Tu le connais à peine, et tu as déjà décrété que c'était lui qu'il te fallait !

— Il me convient, protesta-t-elle d'une voix étranglée. Pas toi…

Thomas déglutit péniblement. Jamais discussion ne lui avait paru aussi pénible.

— Peut-être ne suis-je pas l'homme que tu crois, suggéra-t-il enfin en guettant sa réaction.

Une expression douloureuse assombrit les traits de Lea et Thomas se prit à espérer. Elle était troublée, plus en tout cas qu'elle ne voulait bien l'admettre.

Peut-être en effet s'était-elle forgée une opinion un peu hâtive sur Thomas ? songeait Lea, de plus en plus déstabilisée par l'air meurtri de celui-ci. Mais un homme capable de fuir jusqu'en Chine par peur du mariage et des responsabilités n'était pas pour elle. Elle s'était fixé un but, le temps jouait contre elle, et Thomas s'était disqualifié dès le départ en affichant son aversion pour toute forme d'engagement.

Il savait tout cela, alors pourquoi jouait-il ainsi avec ses émotions ? Pourquoi la poursuivait-il de ses baisers, de ses caresses ? C'était non seulement inélégant, mais surtout cruel de la faire souffrir ainsi !

Car elle souffrait comme elle n'avait jamais souffert.

— Tu n'es pas l'homme qu'il me faut, Thomas, répéta-t-elle avec obstination comme si elle voulait s'en convaincre.

— Tu me l'as déjà dit, rétorqua-t-il d'un ton abrupt en se dirigeant vers la porte. Dans ces conditions, il vaut mieux que je m'en aille, tu ne penses pas ?

Lea quitta des yeux la statue qui trônait au milieu de la galerie et se força à sourire.

— Excuse-moi, bredouilla-t-elle. Je suis un peu fatiguée en ce moment… Je ne dois pas être d'une compagnie très agréable.

— Quelle que soit ton humeur, je suis heureux d'être avec toi, murmura Paul en lui prenant la main.

Elle le laissa faire, mais ne put que constater qu'elle n'éprouvait pas la moindre émotion quand il la touchait. Pas de frisson, pas de gorge sèche, pas d'affolement du rythme cardiaque comme avec Thomas, dont les baisers avaient sur elle un effet dévastateur ! Avec Paul, tout était calme, sans surprise, sans saveur : le contraire de ce qui se passait avec Thomas, en quelque sorte.

Le monde était vraiment mal fait ! conclut-elle, découragée. Pourquoi ne cessait-elle de penser à Thomas quand elle était avec Paul, alors qu'elle savait pertinemment qu'il ne remplissait aucunement le cahier des charges qu'elle s'était fixé !

— Magnifique sculpture, fit tout à coup observer Paul d'un ton docte.

Ils s'étaient arrêtés devant une énorme boule de ciment censée représenter la planète, ornée de petits bouts de plastique multicolore, supposés représenter les continents, le tout s'intitulant « Jeu d'enfants ». Typiquement le genre d'objet que Thomas aurait détesté, songea Lea en souriant.

— Tu as l'air d'aimer, dit Paul, se méprenant sur la raison de son sourire. Je suis d'accord, c'est un chef-d'œuvre !

Elle resta silencieuse, et ses pensées s'évadèrent pour revenir encore et toujours vers Thomas. Pourquoi occupait-il tant son esprit, se dit-elle, agacée, puisqu'il ne serait jamais le mari fidèle et le bon père qu'elle souhaitait ? Mieux valait se concentrer sur sa recherche quasi scientifique du partenaire idéal, qu'elle avait peut-être même déjà trouvé en la personne de Paul !

Et pourtant, il fallait bien admettre la vérité : Thomas lui manquait terriblement. Comme confident, comme ami… et comme l'amant qu'il aurait pu devenir si Paul n'avait pas interrompu leur baiser l'autre soir par son malencontreux coup de téléphone.

Elle suivit docilement Paul qui l'entraînait vers la cafétéria et accepta le café qu'il lui proposait.

— J'ai une question à te poser, Lea, déclara-t-il d'un ton abrupt. Qui était le type l'autre soir en bas de ton appartement ?

Lea sursauta. Pourquoi lui parlait-il de Thomas alors qu'elle essayait précisément de ne plus penser à lui ?

— Ah, Thomas ! s'écria-t-elle d'un ton insouciant qui sonna faux. Un vieux copain, un peu agressif parfois…

— Un peu agressif ? Tu veux rire ! Il était prêt à me mordre pour la seule raison que je t'escortais. Il y a quelque chose entre vous ?

Lea resta silencieuse, mais son air gêné constituait une réponse.

— Je vois, murmura Paul avec un soupir. C'est bien ce que je craignais.

Lea éprouva tout à coup pour lui une compassion apitoyée. Quel dommage qu'il n'y ait pas eu de déclic entre eux : il avait le profil d'un vrai papa poule et d'un mari modèle ! Mais Dieu qu'il était ennuyeux!

— C'est compliqué, expliqua-t-elle enfin. Thomas et moi sommes très proches, mais nous n'avons pas la même vision de l'existence.

— En tout cas il te couve des yeux comme si tu étais sa propriété exclusive ! coupa Paul. Mieux vaut se rendre à l'évidence tout de suite, Lea. Thomas ou pas, toi et moi, ça ne marchera pas. Tu m'apprécies, mais c'est tout. Tu vois ce que je veux dire ?

Elle hocha la tête en signe d'assentiment avec un sourire navré. Paul disait tout haut ce qu'elle pensait tout bas…

Elle était donc revenue à la case départ, et la perspective de se remettre en quête du géniteur parfait ne l'enchantait guère.

Dans quarante-huit heures, Lea allait avoir trente ans.

Depuis sa sortie avec Paul, elle n'avait pas avancé d'un pouce. Côté prince charmant, c'était le calme plat : elle n'avait pas repris contact avec l'agence pour sélectionner un nouveau candidat, et Thomas était aux abonnés absents. Elle avait le plus grand mal à l'oublier, même si elle ne se l'avouait pas, préférant garder l'air crâne et enfouir au plus profond d'elle-même ses regrets et ses frustrations.

— Tu es sûre que ces bestioles ont les yeux bleus ? dit-elle en fichant tant bien que mal deux bougies turquoise aux endroits indiqués par Anne. A propos, c'est quoi, comme serpent ? poursuivit-elle en jetant un œil circonspect à l'étrange forme en chocolat enroulée sur un grand plat.

— Un serpent à sonnette, bien sûr ! expliqua Anne, vexée. J'ai même prévu une petite clochette qui tintera quand on le découpera. Charmant, non ?

— Personne n'entendra rien, rétorqua Lea, pragmatique. Avec la dizaine de bambins que tu as invités, le bruit de ta clochette sera couvert par les piaillements !

— Où en es-tu avec ton séducteur de l'agence ? demanda Anne, agacée par les commentaires de son amie.

— Nulle part.

La mine d'Anne se renfrogna.

— Tu ne me racontes plus rien ! s'exclama-t-elle, dépitée. Et ton conseiller personnel ?

— Je n'ai plus besoin de Thomas : il m'a déjà expliqué l'essentiel.

— Je suis sûre que tu me caches quelque chose, marmonna Anne en continuant à décorer son gâteau. Mais je n'ai pas dit mon dernier mot. Demain, je ferai en sorte que tu boives un peu trop, et je te ferai parler ! Tu as prévu quelque chose pour tes trente ans ?

— Oui. Rester seule et pleurer, déclara Lea sans sourciller.

Anne lui lança un regard horrifié.

— Tu veux rire, j'espère ! On va faire la fête, évidemment ! Pourquoi pas ici ? Ce sera le lendemain de l'anniversaire de Danny, on n'aura même pas à pousser les meubles ! Et il y aura sûrement des restes.

— Un gâteau en forme de serpent à sonnette et du jus de fruits pour fêter mes trente ans ? s'exclama Lea, horrifiée. Arrête, pour le coup, je vais vraiment me mettre à pleurer !

— Mais non, idiote, on ouvrira le champagne ! De toute façon, tu n'as pas ton mot à dire. Je m'occupe de tout !

Comment résister à Anne ? Quand elle avait décidé quelque chose, rien ni personne ne pouvait la faire changer d'avis…, conclut Lea, résignée.

D'ailleurs, elle n'avait rien prévu d'autre, et la perspective de passer la soirée en tête à tête avec Uruk en lui parlant de Thomas n'était pas très excitante. Ce serait beaucoup plus amusant de passer la soirée à parler de la même chose avec Anne...

9.

Lea déambulait dans le magasin de jouets, l'air hagard. Demain, elle aurait trente ans, et elle n'arrivait toujours pas à se faire à cette idée affreuse.

A trente ans, on était mûre, posée, installée dans la vie. On était une épouse et une mère.

Elle n'était ni l'une ni l'autre. Et demain matin, quand elle se réveillerait, aucun homme ne la prendrait dans ses bras en lui murmurant qu'il l'aimait toujours malgré son grand âge, et que sans elle la vie n'avait pas de sens.

Sur les rayonnages, une panthère en peluche à la fourrure mouchetée attira son regard. Elle comprit aussitôt pourquoi : l'animal avait les yeux du même bleu profond que Thomas…

D'un mouvement rageur, elle tourna les talons et se dirigea vers le rayon des instruments de musique. Là, au moins, rien ne lui rappellerait Thomas…

— Je t'avais bien dit qu'un jour ou l'autre elle nous ferait payer sa soirée avec James, rétorqua Brian avec un clin d'œil taquin. J'espère que les boules Quiès sont comprises avec…

— Je vous signale que je lui ai aussi offert un puzzle, fit observer Lea. Excellent pour ses neurones…

135

— J'expliquerai à Danny qu'il pourra jouer de la batterie chaque fois que tu viendras, décréta Anne, et bien sûr je cacherai les boules Quiès ! Oh, on sonne, voilà les premiers invités ! Tu veux bien y aller, Lea ? ajouta-t-elle en lui mettant le bébé dans les bras.

Quand Lea ouvrit la porte, elle crut que son cœur allait s'arrêter de battre. Thomas se tenait devant elle, toujours aussi beau, et ses yeux lui parurent plus bleus que jamais. Il lui avait tellement manqué ! Cette semaine sans le voir lui avait paru une éternité ! Mais que diable faisait-il donc chez Anne et Brian ?

— Toi ! Ici ? s'écria-t-elle enfin, les yeux écarquillés.

Dans ses bras, Danny s'agita et tendit les bras vers lui. Le connaissait-il, ou, fine mouche, avait-il déjà repéré le paquet enrubanné qu'il tenait à la main ?

Anne, arrivée sur ces entrefaites, retira son fils des bras de Lea pour le placer dans ceux de Thomas.

— Bonjour, Tom ! lança-t-elle. Pour une fois, tu es à l'heure !

Le regard stupéfait de Lea allait de l'un à l'autre : elle n'y comprenait plus rien.

— Quoi ! murmura-t-elle enfin, vous vous connaissez ?

— Tom est mon demi-frère par alliance, depuis le remariage de mon père il y a quelques années, expliqua Anne en souriant. Les familles recomposées, c'est la grande mode, tu sais !

Autant Anne semblait détendue, autant Thomas semblait mal à l'aise, nota Lea, de plus en plus soupçonneuse.

— Tu savais que j'étais l'amie d'Anne, et tu ne m'as rien dit ! lança-t-elle à Thomas d'un air accusateur.

— C'est ma faute, intervint Anne, un peu gênée. Je lui avais demandé d'avoir un œil sur toi lors de ton dîner avec James.

Lea resta muette de stupeur. En plus, ils avaient comploté dans son dos ! C'était un coup monté, et elle n'y avait vu que du feu ! Comment avait-elle pu être aussi stupide ?

— Tu as demandé à Thomas d'intervenir ce soir-là ? s'exclama-
t-elle d'une voix étranglée.

— Non, Lea, c'est moi qui ai décidé d'interrompre le dîner
quand j'ai vu comment les choses tournaient pour toi, précisa
Thomas d'une voix sourde. De mon propre chef. Je voulais tout
te raconter, mais Anne m'avait fait jurer de garder le secret. Je
n'ai jamais eu l'intention de te mentir, Lea, je t'assure.

— J'avais peur que tu refuses l'aide de Thomas si tu apprenais
mon rôle dans votre rencontre, renchérit Anne. Tu avais l'air si
contente de bénéficier de ses conseils ! Alors je lui ai interdit de te
dire la vérité, en lui expliquant qu'il risquait de nous brouiller.

Il y eut un silence. Thomas et Anne se jetaient des regards
inquiets, guettant avec appréhension la réaction de Lea. Mais celle-
ci restait impassible, en apparence tout au moins, suffisamment
en tout cas pour leur donner le change.

Enfin, quand elle se jugea capable de maîtriser le tremblement
de sa voix, elle prit la parole. Son cœur battait à tout rompre et
elle dut faire un effort surhumain pour ne pas se trahir.

— Ne vous en faites pas, articula-t-elle enfin, je ne vous en
veux pas. Je comprends.

Cette fois, le regard qu'échangèrent Anne et Thomas était
chargé d'une totale incompréhension.

— Tu n'es pas furieuse contre nous ? s'écria Anne, incrédule.

— Non. Tu as juste voulu m'aider et je t'en remercie, insista
Lea de la même voix posée. Comme je remercie Thomas de
m'avoir si bien conseillée.

Elle s'interrompit, craignant de s'effondrer, mais réussit à se
reprendre.

— Bon, si on s'occupait de ce serpent ? lança-t-elle d'un ton
enjoué, qui, à sa grande surprise, sonna parfaitement juste. Tu
ne crois pas qu'il a besoin d'un glaçage ?

— Je me fiche du serpent et encore plus de son glaçage ! s'exclama Anne avec impatience. Peux-tu m'expliquer pourquoi tu es si calme ? Je m'attendais à ce que tu nous traites de tous les noms !

— Vous avez cru bien faire, rétorqua Lea d'un ton atone. Comment pourrais-je vous en vouloir ?

Elle réussit à sourire, ce qui accentua encore le désarroi de ses deux interlocuteurs.

— Alors, et ce glaçage ? reprit-elle.

— Lea ! s'exclama Anne avec un grand soupir.

— Anne, c'est le premier anniversaire de ton fils, il est temps de t'occuper de son gâteau, coupa Lea d'un ton sec qui indiquait que, pour elle, le sujet était clos. Va chercher les bougies.

Elle ne pensait qu'à Thomas, et au choc qu'elle avait éprouvé en le retrouvant. Avec le recul, elle n'en voulait pas plus à Anne de l'avoir « engagé » pour la surveiller pendant son dîner avec James, bien au contraire. C'était grâce à Anne qu'ils avaient pu se découvrir, s'apprécier, passer ensemble tous ces moments complices et merveilleux qui resteraient à jamais gravés dans sa mémoire.

Peu à peu, Thomas avait pris dans son existence une place essentielle, et elle venait seulement de s'en rendre compte. L'intensité des sentiments qu'elle éprouvait pour lui l'intriguait et l'effrayait tout à la fois. Voilà pourquoi elle n'avait pas cherché à le revoir pendant cette semaine qui lui avait semblé durer un siècle, voilà pourquoi se retrouver face à lui la déstabilisait au plus haut point. Elle avait peur, peur d'elle-même, peur de ces émotions incontrôlables qu'il déclenchait en elle… et peur aussi qu'il lui échappe définitivement.

Il fallait qu'elle lui parle… En tête à tête… Pour lui dire quoi ? A cet instant elle n'en savait rien mais, le moment venu, les mots viendraient d'eux-mêmes.

On souffla les bougies, on sabla le champagne, on applaudit Danny à chaque paquet qu'il ouvrait et l'après-midi s'écoula sans qu'elle ait la moindre chance de discuter avec Thomas seul à seule. Quand enfin, le soir venu, elle le chercha pour lui demander de la raccompagner, elle dut se rendre à l'évidence : il était déjà parti.

Qu'à cela ne tienne, se dit-elle, elle l'appellerait.

Ou, encore mieux, elle irait le retrouver chez lui sans attendre…

Il lui tardait de le retrouver, mais elle passa rapidement chez elle pour se changer et se doucher. Puis, le cœur battant, elle monta dans sa voiture. Dans quelques heures, elle aurait trente ans, et elle savait exactement ce qu'elle voulait faire de cette dernière nuit avant son anniversaire.

Une fois garée devant chez lui, elle eut un bref moment d'hésitation. Qu'allait-il dire ? Et s'il la repoussait ? Comprendrait-il à quel point elle avait besoin de sa compagnie, ce soir-là entre tous ?

Mais le doute ne dura pas. Quelle que soit sa réaction, elle était décidée à aller au bout de sa démarche. Armée de son parapluie, elle sortit de la voiture sous une petite pluie fine.

Les jambes tremblantes, elle appuya sur le bouton de l'Interphone.

— C'est moi, Lea, annonça-t-elle quand elle l'entendit décrocher. Je peux monter ?

— Je t'attends.

Au moment où il ouvrait la porte d'entrée pour l'accueillir, l'ascenseur arriva. Lea sortit de la cabine et il ne put s'empêcher d'éclater de rire : elle portait son parapluie ouvert au-dessus de sa tête.

— Il pleuvait dans l'ascenseur ? demanda-t-il, hilare.

Elle réalisa tout à coup l'incongruité de la situation et ferma son parapluie en rougissant.

— Mon Dieu ! s'exclama-t-elle, j'ai vraiment l'esprit ailleurs ! Pas étonnant que tes voisins m'aient regardée d'un sale œil dans le hall ! Je peux entrer ?

— Je t'en prie…

Il s'effaça devant elle et ils se retrouvèrent tous les deux dans l'entrée. Il y eut un silence, et Thomas décida de dissiper immédiatement le doute qui le tenaillait : il devait savoir si elle voyait toujours Paul. Sa réponse négative le combla.

— Pourquoi es-tu venue ici, Lea ? demanda-t-il alors d'une voix mal assurée.

Elle hésita, au supplice. Comment lui expliquer les raisons d'une démarche qu'elle ne s'expliquait pas elle-même ?

— J'avais besoin de te voir, commença-t-elle. Tout simplement. Depuis que tu m'as embrassée, je ne pense qu'à ça. Et toi aussi, j'en suis certaine… Alors je me suis dit…

Elle s'interrompit et toussota nerveusement.

— Je me suis dit que, avant de me marier et d'avoir des enfants, j'avais besoin d'une aventure, reprit-elle d'une voix plus ferme, au prix d'un courageux effort sur elle-même. Comme tu me l'as toi-même conseillé. Je suis une élève obéissante, tu vois ! Et tu es le seul avec lequel j'aie envie d'avoir une aventure, Thomas, ajouta-t-elle en baissant le regard.

Il ne prononça pas une parole, mais ses yeux brillant d'émotion en disaient plus que des mots. Il s'avança d'un pas et enlaça la jeune femme. Ils restèrent un moment serrés l'un contre l'autre, leurs cœurs battants à l'unisson.

Il ferma les yeux et, les mains dans ses cheveux, inspira pour s'imprégner de son parfum envoûtant. Puis il se pencha et déposa un baiser dans le creux doux et chaud de sa nuque. Elle frémit sous sa caresse et se serra plus encore contre lui, écrasant ses seins contre sa poitrine musclée.

— Thomas…, murmura-t-elle dans un souffle. Tu veux bien être ma dernière aventure ?

Son expression était suppliante, ses lèvres entrouvertes appelaient les baisers, mais il réussit à résister à la tentation. Il avait besoin de comprendre ce qu'elle attendait de lui réellement…

— Ta dernière aventure ? Que veux-tu dire par là ? rétorqua-t-il. Ce n'est pas une aventure que tu veux, Lea, mais un mari et des enfants, tu le sais bien !

— Oui, mais aujourd'hui je suis libre, et j'ai envie d'en profiter, affirma-t-elle avec une détermination soudaine. Avec toi. Ce baiser n'était qu'un début, Thomas, tu le sens bien ! Nous sommes prêts pour autre chose. Pourquoi ne pas aller jusqu'au bout ? Après, on n'en parlera plus ! Sinon, on regrettera toujours de ne pas l'avoir fait…

Elle le sentit fléchir, mais il ne l'embrassa pas comme elle l'espérait. Pourquoi se dérobait-il ainsi, alors qu'à l'évidence le même désir les consumait tous les deux ?

— Allons dans ta chambre, lui glissa-t-elle à l'oreille en se serrant contre lui de plus belle.

— Quoi ? s'exclama-t-il, stupéfait.

Elle lui sourit, mutine et terriblement sensuelle.

— Oui, autant commencer par ton lit, tu ne crois pas ? Après on expérimentera la moquette, le canapé, la banquette arrière de ta voiture, tout ce que tu voudras ! ajouta-t-elle en riant, décidée à le provoquer pour le faire enfin sortir de sa réserve.

Lea était si troublante avec ses joues rosies par l'excitation, sa poitrine ferme et ronde qui se soulevait au rythme de sa respiration saccadée, qu'il faillit la prendre dans ses bras et la porter immédiatement sur son lit comme elle le lui demandait. Mais n'était-ce pas une folie ? Certes, ils avaient envie l'un de l'autre depuis le premier jour, mais après, que se passerait-il ? Il n'était pas l'homme qu'elle cherchait, c'était une évidence !

Il n'eut pas le loisir de tergiverser plus longtemps, car ce fut elle qui l'entraîna vers sa chambre et le poussa sur le lit.

— Mais, Lea… ! s'écria-t-il, ravi.

— Pas de mais, Thomas ! Pourquoi veux-tu tout le temps parler ? Tu ne crois pas que nous avons mieux à faire ? chuchota-t-elle en le rejoignant.

Elle glissa les mains sous sa chemise et il ferma les yeux, frissonnant de désir. Les doigts caressants de Lea sur sa peau nue attisaient encore le feu qui le consumait, son parfum l'enivrait. Si elle continuait, il ne répondait plus de rien…

— Lea…, murmura-t-il d'une voix rauque.

— Arrête de parler deux minutes ! protesta-t-elle, taquine.

D'un geste décidé, dont l'impudeur l'étonna elle-même, elle retira son T-shirt pour offrir au regard de Thomas sa poitrine mise en valeur par un soutien-gorge pigeonnant.

— Lea… tu veux vraiment…? articula-t-il avec peine.

— Oui, que tu m'enlèves mon soutien-gorge, compléta-t-elle d'un ton parfaitement naturel. Tu peux m'aider, Thomas ?

Son émotion était telle qu'il hésita encore. Elle souhaitait une aventure. Soit. Mais une aventure avec elle avait-elle un sens ? La gorge sèche, il contempla la rondeur de ses seins à peine cachés par la dentelle rouge, leurs mamelons que l'on devinait durcis sous la soie, et le désir irradia de nouveau en lui, presque douloureux.

— C'est mon anniversaire dans quelques heures, chuchota-t-elle d'une voix à peine audible. Tu ne veux pas me faire plaisir pour l'occasion ?

Elle se lova contre lui et glissa une jambe entre les siennes. Thomas ferma les yeux, bouleversé : sa peau était douce, son corps l'image même de la féminité. Comment résister plus longtemps à l'envie qu'il avait de lui faire l'amour ? D'un geste possessif, il la serra alors contre lui et enfouit son visage dans sa chevelure. Savait-elle seulement à quel point elle le rendait fou ?

— Lea, tu es si sensuelle, si provocante ! balbutia-t-il, cherchant sa bouche. Moi qui te croyais timide…

— Pas avec toi…

Bouleversé de la tenir entre ses bras, il se mit à déposer des baisers sur son cou, sa nuque, à la naissance de ses seins, et la sentit se cambrer contre lui, tandis que leurs souffles s'accéléraient à l'unisson. Mais pour rien au monde il ne souhaitait aller trop vite : il voulait savourer chaque instant de cette découverte mutuelle, de cette montée en puissance de leur désir. Il s'écarta légèrement de Lea pour mieux la contempler.

— Je ne t'imaginais pas avec ce soutien-gorge glamour, fit-il observer d'une voix rauque. Tu es plus sexy encore que dans mes rêves les plus fous !

Elle sourit, comblée par son regard admiratif.

— Je l'ai acheté en ton honneur, expliqua-t-elle. C'est toi qui m'as dit que le rouge m'allait bien. Mais un soutien-gorge, c'est aussi fait pour être enlevé, tu ne penses pas ? conclut-elle, séductrice et grave tout à la fois.

Leurs regards se croisèrent, empreints de la même impatience, du même trouble à la perspective du voyage qu'ils s'apprêtaient à entreprendre ensemble.

Ils étaient prêts à s'appartenir : désormais les mots n'avaient plus droit de cité. Avec une indicible émotion, Thomas dégrafa le soutien-gorge de Lea, libérant les globes parfaits de ses seins, puis il se pencha vers elle.

Alors leurs bouches s'unirent en un baiser profond, prélude à une union plus profonde encore dont ils savaient déjà qu'elle serait un éblouissement.

10.

Lea s'étira langoureusement, et mit quelques secondes à réaliser où elle était, avec qui…

C'était le matin de son trentième anniversaire, et elle n'était pas seule à pleurer sur son oreiller, avec pour seule confidente sa chatte couchée à ses pieds. Non : dans son lit, Thomas avait remplacé Uruk…

Elle ne perdait pas au change, songea-t-elle en contemplant le corps viril de son amant, la gorge serrée par une intense émotion au souvenir de leurs caresses impudiques. Pour ses trente ans, elle avait eu le plus beau cadeau d'anniversaire qu'elle pouvait espérer : un éblouissement de sensations insoupçonnées, de bonheurs si intenses qu'elle en était encore tout étourdie.

Au fond, c'était merveilleux d'avoir trente ans ! songea-t-elle en se serrant contre le large torse de Thomas, qui dormait toujours paisiblement. Oubliée, l'horloge biologique et son tintement qui lui semblait assourdissant quelques jours auparavant ! Elle ne l'entendait plus, pas plus qu'elle ne ressentait ce désir impérieux d'avoir un bébé. A cet instant, elle ne désirait que Thomas…

Elle caressa avec tendresse le duvet brun qui recouvrait son torse viril. Jamais elle ne s'était sentie aussi femme que dans ses bras, sous ses baisers : c'était comme s'il l'avait révélée à elle-même. Comment pourrait-elle se passer de lui, après cette nuit enchanteresse ? Mais demain était un autre jour, se dit-elle en le sentant s'éveiller peu à peu. Pour l'instant, seule comptait la joie d'être là, avec lui.

— Bonjour, murmura-t-il d'une voix encore endormie.

Elle se contenta de lui sourire, heureuse, tout simplement…

— Bon anniversaire, mon ange…, ajouta-t-il en lui déposant un baiser furtif dans le cou.

Elle s'accouda et le dévisagea, radieuse.

— Merci, dit-elle. Et merci pour ton cadeau…

— Mon cadeau ?

— Oui, celui que tu m'as fait cette nuit. Je ne savais pas que c'était si bien d'avoir trente ans !

— N'est-ce pas ? Dans ces conditions, je suis prêt à fêter ton anniversaire tous les jours, et même deux fois par jour si tu le souhaites ! enchaîna-t-il sur le même ton taquin. D'ailleurs, il me semble qu'on a déjà pris du retard… Si on recommençait ?

Ils échangèrent un sourire tendre et leurs bouches s'unirent, gourmandes et fébriles, tandis que le désir se réveillait en eux à l'unisson.

Oui, décidément, elle voulait bien avoir trente ans tous les jours, songea Lea dans une dernière lueur de lucidité, avant de s'abandonner aux caresses de plus en plus audacieuses de Thomas.

La laisser partir ? Pas question ! songea Thomas. Il ne pouvait plus vivre sans elle.

Pendant leur semaine de séparation, il avait eu tout le loisir de réfléchir, et l'évidence s'était peu à peu imposée à lui : il était bel et bien amoureux fou de Lea. Si elle n'était pas venue à lui, il aurait tenté l'impossible pour la conquérir.

Mais la démarche de Lea donnait à la situation un tour qu'il n'avait pas prévu et qui le laissait perplexe. Alors qu'il s'apprêtait à lui annoncer que, finalement, il s'engageait à essayer d'être le mari et le père qu'elle souhaitait, elle clamait haut et fort qu'elle ne cherchait avec lui qu'une aventure, appliquant en cela les conseils qu'il avait été assez inconscient de lui donner ! Comment lui faire comprendre qu'il avait changé, et qu'il était prêt à tout pour la garder, même à passer devant monsieur le maire ?

— Tu es bien sérieux ce matin, Thomas…, murmura-t-elle, en lui effleurant le torse de ses lèvres.

— Je n'ai pas envie que tu partes, avoua-t-il.

Il espérait qu'elle l'inviterait à sa soirée d'anniversaire qui aurait lieu chez Anne, mais après ce qui venait de se passer entre eux, elle souhaitait probablement prendre du recul. Ou peut-être que, dans son esprit, leur aventure appartenait déjà au passé ? songea-t-il douloureusement.

— Je dois partir, déclara-t-elle. Anne a besoin que je l'aide pour la réception.

Elle faillit lui dire de venir, mais s'arrêta net. Si Anne les voyait ensemble, elle devinerait tout, et elle-même n'avait pas la moindre envie d'être soumise au feu nourri des questions indiscrètes de son amie…

— Je te revois quand ? demanda-t-il d'une voix étranglée.

— Je pourrais peut-être passer chez toi après la soirée, qu'en dis-tu ?

Tout en la regardant, Thomas prit une soudaine décision : il irait chez Anne, invité ou pas… Il serait aux petits soins pour Danny, rien que pour montrer à Lea qu'il ferait un parfait papa poule. Et, dans l'intervalle, il lui trouverait un cadeau d'anniversaire. Il avait déjà sa petite idée…

Il était tout sourires quand elle l'embrassa pour lui dire au revoir.

— Lea a-t-elle trouvé le partenaire idéal ? l'entendit-elle demander à Thomas. En ce moment, elle ne me raconte rien !

Lea retint un soupir d'exaspération : Anne avait toujours besoin de tout savoir !

— Pas encore, je crois, répondit Thomas.

— Elle a l'air assez intéressée par ce… Paul, c'est ça ?

— Tu n'as qu'à lui demander toi-même, suggéra-t-il, évasif.

— Thomas, donne-moi donc des détails ! supplia Anne. Je suis sûre que Lea voit quelqu'un !

— Oui, elle voit quelqu'un, confirma-t-il d'un ton distant.

— Paul, j'en suis sûre ! conclut immédiatement Anne, surexcitée. Je savais qu'elle finirait par tomber amoureuse !

Il y eut un silence.

— Elle pourrait le devenir, même si elle ne le sait pas encore, reprit Thomas comme s'il se parlait à lui-même. Peut-être n'a-t-elle pas compris que c'est l'homme qu'il lui faut…

— Je vais l'interroger, la faire parler ! proposa Anne.

— Pas question, coupa Thomas d'un ton abrupt. C'est elle et elle seule qui doit faire le point sur la véritable nature de ses sentiments. Il faut être patient…

Anne passa ensuite à un autre sujet, mais Lea ne bougea pas, stupéfaite de ce qu'elle venait d'entendre : Thomas la croyait amoureuse de Paul, il les voyait déjà mariés !

La première surprise passée, elle dut se rendre à l'évidence : elle n'avait cessé de clamer haut et fort à Thomas qu'elle voulait avant tout un mari et un père, ce qui l'excluait d'office, alors que Paul correspondait parfaitement à l'objectif qu'elle s'était fixé. Thomas en concluait logiquement qu'elle devait épouser Paul… Entre elle et Thomas, c'était une aventure, rien de plus, conclut-elle avec une douloureuse amertume. Comment avait-elle pu croire un instant qu'il s'agissait d'autre chose ?

De rage, elle se précipita dans la cuisine et se saisit du téléphone. Puisque son conseiller en séduction avait décrété que Paul était l'homme qu'il lui fallait, elle suivrait docilement son avis !

Elle composa le numéro de Paul avec fébrilité, mais n'obtint que le répondeur.

— Lea ? Que se passe-t-il ?

Elle se retourna, le combiné dans la main.

— J'obéis à tes doctes conseils : j'appelle donc Paul ! rétorqua-t-elle avec animosité. Tu devrais être content, au lieu de me faire les gros yeux ! N'est-il pas logique d'inviter mon futur mari à ma soirée d'anniversaire ?

— Ton futur mari ? répéta Thomas d'une voix blanche. Mais de qui parles-tu ?

— De Paul, évidemment ! Tu viens d'expliquer à Anne qu'il était l'homme qu'il me fallait ! J'ai tout entendu, figure-toi ! conclut-elle, au bord des larmes.

A sa grande surprise, Thomas lui sourit tendrement puis, avec une infinie douceur, lui prit le visage entre les mains. Pourquoi avait-il l'air ravi d'apprendre qu'elle écoutait aux portes ? songea-t-elle, effarée.

— Je ne parlais pas de Paul, mais de moi, lui murmura-t-il à l'oreille.

Lea s'écarta alors et, lorsqu'elle ouvrit la bouche pour dire quelque chose, il l'en empêcha d'un baiser. Elle ne comprenait plus rien, mais s'abandonna à son étreinte, éperdue d'émotion. Peu lui importait de savoir qui était l'homme de sa vie, du moment qu'elle était dans les bras de Thomas...

— Je veux plus qu'une aventure avec toi, Lea..., chuchota-t-il entre deux baisers.

— Tu ne vas pas t'enfuir à Tombouctou ? balbutia-t-elle.

— Non, je te le promets.

Ils échangèrent un regard chargé d'une telle intensité que Lea crut défaillir. Le bonheur était là, à portée de sa main, elle en était certaine. Comment faire comprendre à Thomas que, mariage ou pas, il était le seul homme qui compterait jamais pour elle, et qu'avec lui elle était prête à prendre tous les risques ?

— Viens, dit-il soudain en la prenant par le bras. J'ai un cadeau d'anniversaire pour toi. Dans ma voiture.

— C'est vrai ? s'écria-t-elle, étonnée et ravie.

Il l'entraîna dehors et, une fois devant sa voiture, ouvrit le coffre. Dans une caisse en bois trônait une forme indéterminée en terre cuite, qui ressemblait à une sculpture.

— Tu sais ce que c'est ? demanda Thomas en guettant sa réaction.

— Probablement ce que tu appellerais une horrible œuvre d'art, répondit-elle, perplexe.

— Exactement. Je l'ai achetée avec le chèque que tu m'as donné. Et tu as vu ces petites excroissances ? Tu sais ce qu'elles représentent ?

— Non, je donne ma langue au chat, avoua-t-elle.

— Tu es vraiment nulle en art moderne ! s'exclama-t-il en riant. Le titre de cette horreur est « Famille » et les excroissances, ce sont les enfants ! J'ai pensé que ce cadeau était parfaitement adapté à ton cas ! Tu veux toujours un mari et des enfants, n'est-ce pas ?

— C'est toi que je veux, Thomas, articula-t-elle avec peine.

Ni l'un ni l'autre ne prononcèrent une parole, mais dans le regard intense qu'ils échangèrent alors passèrent mille promesses de bonheurs futurs…

— J'ai choisi cette sculpture pour te dire que je veux avoir des enfants avec toi, reprit Thomas en fixant sur la jeune femme un regard brûlant.

Lea essaya de se persuader qu'elle avait mal entendu, réprimant l'espoir fou que les paroles de Thomas faisaient naître en elle.

— Je croyais… que tu voulais attendre d'avoir trente-cinq ans, balbutia-t-elle dans un souffle.

— Je le croyais aussi… jusqu'à ce que je te rencontre.

— Thomas… Tu réalises à quoi tu t'exposes ? dit-elle, les yeux brillant d'émotion.

— A être le plus heureux des hommes, ma chérie ! conclut-il en l'enlaçant avec passion. Je t'aime, si tu savais comme je t'aime ! Je ne savais pas qu'on pouvait aimer à ce point !

Lea le regardait, des larmes dans les yeux, et il pensa qu'elle n'avait jamais été aussi belle.

Il la serra contre lui à l'étouffer, éperdu d'amour.

— Tu es sûr que tu veux avoir un bébé dans neuf mois ? murmura-t-elle en se lovant contre lui.

Il s'écarta, surpris, et décela une lueur taquine dans les yeux émeraude de la jeune femme.

— Laisse-moi quelques semaines pour me faire à l'idée d'être papa. D'ailleurs, pourquoi ne pas attendre d'être rentrés de notre voyage de noces pour passer aux choses sérieuses ?

— Quoi ? On va se marier ? s'exclama-t-elle, radieuse.

Il s'écarta d'elle et la regarda avec tendresse.

— Pour tout te dire, je croyais que tu ferais ta demande la première, déclara-t-il en affichant un air vexé.

— Justement, j'allais mettre un genou à terre, mais tu m'as prise de court, répondit-elle en plaisantant.

— Dommage, j'adore les femmes émancipées !

— Tu veux vraiment m'épouser ? reprit Lea, de nouveau sérieuse.

— Plus que tout au monde, madame Carlisle !

Le nouveau visage
de la collection Or

◆

AMOURS D'AUJOURD'HUI

Afin de mieux exprimer sa modernité et de vous séduire encore davantage, votre collection Or a changé de couverture et de nom depuis le 1er mars 1995.

Rassurez-vous, les romans, eux, ne changent pas, et vous pourrez retrouver dans la collection **Amours d'Aujourd'hui** tous vos auteurs préférés.

Comme chaque mois, en effet, vous y attendent des héros d'aujourd'hui, aux prises avec des passions fortes et des situations difficiles...

**COLLECTION
AMOURS D'AUJOURD'HUI :**
Quand l'amour guérit des blessures de la vie...

Chère lectrice,

Vous nous êtes fidèle depuis longtemps?
Vous venez de faire notre connaissance?

C'est pour votre plaisir que nous avons
imaginé un rendez-vous chaque mois
avec vos auteurs préférés, vos
AUTEURS VEDETTE dans les
collections Azur et Horizon.

Les AUTEURS VEDETTE vous
donneront rendez-vous pour de
nouveaux livres vedette.

Pour les reconnaître, cherchez
l'étoile... Elle vous guidera!

Éditions Harlequin

HARLEQUIN

LE FORUM DES LECTEURS ET LECTRICES

CHERS(ES) LECTEURS ET LECTRICES,

VOUS NOUS ETES FIDÈLES DEPUIS LONGTEMPS?

VOUS VENEZ DE FAIRE NOTRE CONNAISSANCE?

SI VOUS AVEZ DES COMMENTAIRES, DES CRITIQUES À
FORMULER, DES SUGGESTIONS À OFFRIR, N'HÉSITEZ
PAS… ÉCRIVEZ-NOUS À:

> LES ENTERPRISES HARLEQUIN LTÉE.
> 498 RUE ODILE
> FABREVILLE, LAVAL, QUÉBEC.
> H7R 5X1

C'EST AVEC VOS PRÉCIEUX COMMENTAIRES QUE NOUS
ALLONS POUVOIR MIEUX VOUS SERVIR.

DE PLUS, SI VOUS DÉSIREZ RECEVOIR UNE OU
PLUSIEURS DE VOS SÉRIES HARLEQUIN PRÉFÉRÉE(S)
À VOTRE DOMICILE, NE TARDEZ PAS À CONTACTER LE
SERVICE D'ABONNEMENT; EN APPELANT AU
(514) 875-4444 (RÉGION DE MONTRÉAL) OU 1-800-667-4444
(EXTÉRIEUR DE MONTRÉAL) OU TÉLÉCOPIEUR
(514) 523-4444 OU COURRIER ELECTRONIQUE:
AQCOURRIER@ABONNEMENT.QC.CA OU EN ÉCRIVANT À:

> ABONNEMENT QUÉBEC
> 525 RUE LOUIS-PASTEUR
> BOUCHERVILLE, QUÉBEC
> J4B 8E7

MERCI, À L'AVANCE, DE VOTRE COOPÉRATION.

BONNE LECTURE.

HARLEQUIN.

VOTRE PASSEPORT POUR LE MONDE DE L'AMOUR.

<u>COLLECTION HORIZON</u>

Des histoires d'amour romantiques qui vous mènent au bout du monde!

Découvrez la passion et les vives émotions qu'apportent à la Collection Horizon des auteurs de renommée internationale!

Captivantes, voire irrésistibles, ces histoires d'amour vous iront assurément droit au coeur.

Surveillez nos trois nouveaux titres chaque mois!

GEN-H-R

69 L'ASTROLOGIE EN DIRECT
TOUT AU LONG
DE L'ANNÉE.

(France métropolitaine uniquement)
Par téléphone 08.92.68.41.01
0,34 € la minute (Serveur SCESI).

Composé et édité par les
éditions Harlequin
Achevé d'imprimer en octobre 2004

BUSSIÈRE
GROUPE CPI

à Saint-Amand-Montrond (Cher)
Dépôt légal : novembre 2004
N° d'imprimeur : 44332 — N° d'éditeur : 10883

Imprimé en France